今度は絶対に邪魔しませんっ!

3

イラスト　はるかわ陽
Haru Harukawa

空谷玲奈
Reina Soratani

登場人物紹介
メアリージュン・ヴァーハン
ヴァーハン家次女。ヴィオレットの異母妹でタンザナイト学園一年生。
ヴィオレット・レム・ヴァーハン
ヴァーハン公爵家の長女。異母妹を殺害しようとした罪で投獄された所で時間が巻き戻った。タンザナイト学園二年生
マリン
ヴィオレットに仕えるメイド。
ロゼット・メーガン
隣国リトスの姫で、タンザナイト学園二年生。

クローディア
・アクルシス
ジュラリア王国第一王子で次期国王と言われている。タンザナイト学園三年で生徒会長。
ミラニア
・デオール
タンザナイト学園三年で、生徒会副会長。クローディアの親友。
ユラン
・クグルス
ヴィオレットの幼馴染。王族の分家で国の宰相の息子。タンザナイト学園一年。
ギア
・フォルト
シーナ国の王子で、ユランの中等部からの友人でありクラスメイト。

Contents

91. パンドラ

思い返せば、ヴィオレットの美しい感情の先には、いつだってユランが居た。泥で出来た水溜まりに沈んでいても、決して輝きを失わない物。表面が汚れる事はあっても、拭ってしまえば綺麗《きれい》になる様な、そういう存在。どれだけ欲に狂っていても、ユランが大切だという事実が曇った事はない。

あまりにも繊細で、大切で、当然の様に有った想いだから。

今の今まで、その想いの種類を確かめもしなかった。

何の見返りも無く、何の打算も無く、ただ想っているだけで幸せな相手。無償の感情には何の欲も無く、笑っていてさえくれればそれだけで満足だった。だからこそ、名前を付けたがらなかったのかも知れない。湧き出る感情の出処《でどころ》なんて、知らなくて良かった。分類さえしなければ、ただ唯一の人として、ずっと大切に出来ると思っていたから。

「……落ち着かれましたか？」

「ええ……ありがとう」

手渡された、マリン特製のホットミルク。温かいけれど熱くはなくて、猫舌のヴィオレットでもゆっくり飲み進められるくらいの温度。甘く優しく、疲れた時、心が潰れそうな時、必ず傍《かたわ》らにあった味だ。

頭の先から指先まで、身体中に開いた穴を埋めていく様に、舌先からマリンの思いやりが駆け巡って行く。ヴィオレットの味覚も触覚も、五感までもを知り尽くしているからだろう。この甘さに身を浸して眠る日は、何処《どこ》までも深く深く沈んでいける様な気がした。浮き上がる事の無い眠りは夢さえ見ずにいられるから。

「はぁ……」

一口、喉を温かい液体が滑って行く。きっと多くの人には生温《なまぬる》いと感じられるそれが、ヴィオレットにとっては丁度良い。溢《こぼ》れた溜息は辛いからではなく安堵《あんど》で。全てをぶちまけた先には絶望しかないと思っていたけれど、晴れた視界では見えなかった物が見えて来るらしい。

「少しお休みになってください。夕食はお運びしますから」
「夕食は、」
「少なめにしておきますね」
「……ありがとう」

人はリラックス状態になるとお腹《なか》が空《す》いたり、眠くなったりするらしい。どうやらヴィオレットは後者のタイプだった様で、徐々に温まっていく体温が脳までもふやかしている様だ。ここ最近の睡眠の質の悪さと、今日の精神的な疲れも相俟《あいま》って、瞼《まぶた》は今にも糸が切れて伏してしまいそう。眠りに落ちる前にと、カップをテーブルに置いて、覚束《おぼつか》無い足取りでベッドに向かった。

視界に入る全てがほんのり歪《ゆが》んで、ふわふわとした感覚が心地《ここち》良い。力の抜けた身体が倒れ込むと、羽毛の様な柔らかさに包まれたから、きっと目的地には辿り着けたのだろう。

人の気配《けはい》が近付いて、遠ざかるのを感じながら、段々と光を認識しなくなって行くのが分かる。誘われるまま、その重みに身を委ねた。

蓋は壊れてしまった。隠す場所も、なくなってしまった。もうきっと何処に追いやった所で、ヴィレットはこの想いを見付けるだろう。見付けて、抱えて、愛《め》でてしまうのだと思う。忘れる事も叶わず、捨てる事なんて、絶対に出来やしない。

愛情、独占欲、羨望憧憬《しょうけい》、沢山《たくさん》の感情が詰まったパンドラの箱の中でただ一つ。

――『希望』だけは、最後まで見当たりはしなかった。

92. 平淡

誰かにとって、世界が変わる様な一日だったとして。これまでの価値観を覆《くつがえ》す何かが起こったとして。

日は沈むし太陽は昇る。一日は二十四時間で、お腹は空くし眠りたくもなる。誰かの何かが変わっても、世界は変わらずに回り、日常は流れる。きっと昨日までヴィオレットが過ごした日々の中にも、誰かにとっての天変地異があったはずだ。眠り起きて食べて動いてまた眠る時間の何処にでも、変化は転がっているのだと。

「ヴィオレット様、おはようございます」

「……おはよう、マリン」

ヴィオレットの世界が様変わりしても、当たり前の今日が来る様に。

心の変化が、五感に影響を与える事はある。気持ちの問題だというのは、きっとそういう意味でもあるのだと思う。同じ器に詰まっているのだから、密接している部分はあるのだろう。恋をした途端《とたん》、相手が一層素晴《すば》らしい人に思えたりだとか。切っ掛けは一つだったのに、気が付くと、纏わる全てが不快に思えたりだとか。

恋を自覚したヴィオレットの目には、いつもと変わらず当たり前の世界が映っている。

何処かで読んだ恋愛小説の様に、鮮やかさが増す事も無く。ユランが居ないからといって、暗雲に覆われる事も無く。ただそこにあるものを、そのまま受け取るだけの、何ら変哲のない視界。穏やかではあるけれど、欠片《かけら》の憂いも存在しない景色《けしき》ではない。

平坦、平常。昨日の朝と同じ、また一日が始まったのだと、最早《もはや》慣れ切ってしまった重量感があるだけ。

「……今日は」

「ん……？」

着替えを持ってこちらを見るマリンが、口ごもる様に、でも僅かに微笑《ほほえ》んで。

「ユラン様と、お話し出来ると良いですね」

「――――」

何も変わらない。世界は今日も、ヴィオレットに優しくはない。誰にも、何処にも、変化なんてない。見る人が、その心が、変わった様に見せるだけ。勝手に、自己中心的に、思い違うだけ。だからこれは、ヴィオレットだけの世界。

「……ええ、そうね」

彼を思い浮かべただけで、ほんの少しだけ、世界が柔らかく見えたのは。

93. 変哲

「ヴィオレット様……！」

「ロゼット、様？」

いつも通りの時間に家を出て、登校時間のピークより少しだけ早く到着した昇降口には、美しく佇《たたず》む人影があった。珍しいと思ったのも一瞬で、こちらに視線を向けた彼女はヴィオレットを見付けるとすぐに駆け寄ってきた。

「おはようございます」

「おは、よう……ではなくて、どうしてここに」

困惑と混乱で何も言えなくなってしまったヴィオレットに反して、ロゼットは落ち着きを崩さない。いつも通りの温和な笑顔《えがお》で、揃《そろ》えた爪先から鞄《かばん》を持つ手の形まで完璧だ。

この時間帯に人が少ない事を、ヴィオレットはよく知っている。むしろそれもあってこの時間をわざわざ選んでいるくらいだ。人の居ない教室は、腫れ物扱いされる事もさせる事も無い。好奇の視線もない。人の顔色、声に、気を張らなくていい。あの家よりもずっと過ごし易い場所、時間帯だ。

ロゼットの登校時間は把握していないけれど、今日がいつも通りでない事くらいは察する事が出来る。同じ玄関を使いながら、今まで鉢合わせする事がなかったのだから。

つまり彼女は、何かしらの目的を持って、今日この時間を選んだという事で。

「お待ちしていたんです、ヴィオレット様を」

「私……？」

何か急ぎの用事でもあるのか。そうでなければ、わざわざ登校のタイミングを待っていたりはしないだろう。休み時間にクラスを訪ねればいいだけなのだから。

ならば、その用とは何なのか。欠片も思い当たらず、首を傾《かし》げたヴィオレットに……その表情に、ロゼットの肩が僅かに下がる。

「昨日、様子が可笑しかったので……体調を崩されたのかもしれないって」

「あ……」

唐突に思い出す、昨日の記憶。何故《なぜ》忘れていたのか、自覚した全てが強烈だったせいだ。明らかに取り乱していたヴィオレットに、ロゼットはどんな反応をしていたのか。そこまでは思い出せない、というか、きっとあの時の自分は何も見えていなかった。

ただ心配をする彼女に、大丈夫だと返した気はする。そのやり取りだけは覚えているけれど、ロゼットがどんな顔をしていたのかは、記憶に無い。

「もしかしたら今日はお休みされるかもと、気になってしまって。早退はしていないと聞きましたけれど、夜になると悪化した、なんて話も聞きますから」

「それで、こんな時間に？」

「ま、待ち伏せみたいで気持ち悪いとは思ったんですが……！」

気まずそうに逸らされた視線は、落ち着き無く泳いでいる。さっきまでとは立場が逆転して、今度はヴィオレットの方が彼女を冷静に見る番だった。恥ずかしいのか、白い肌はピンク色に色付いて、唇をきつく結んでいる表情までも可愛《かわい》らしい。

「…………」

「え、っと……あの、すみま、せ」

「ふ……っ」

「え？」

「ふふっ、ふ」

黙り込んだヴィオレットに、ロゼットの表情が羞恥《しゅうち》から変化する。不快にさせたのか、嫌われたのかと、抱いている不安がくっきりと浮かんだ顔で、謝罪の言葉が言い切られるよりも早く、ヴィオレットの心が溢《あふ》れ出した。

「ん、ふふ……っ、ご、め、っはは」

響く笑い声、口元を押さえたって意味は無く、顔を逸らしても、その横顔にはっきりと笑みの存在があって。瞠目《どうもく》したまま事態を飲み込めていないロゼットに、ゆっくりと沈静化された笑いの最後。

ヴィオレットはその紫色を見つめて、言う。文章の、単語の、言葉の一つ一つを大切に、正しく、届く様に。

「ありがとう……凄《すご》く、嬉《うれ》しい」

「ぁ……、はっ、はい！」

世界は変わらない。昨日も今日も、明日もその先もずっと。

だから、ただ、思っただけだ。変哲のない時の中で、ふと、気が付いただけ。

——こんなにも優しい時間が、自分にもあるのだと。

94．会いたい理由

息がし易いとか、身体が軽いとか。心と身体は密接で、お互いに影響し合っている。身体が壊れると心が弱ったり、あるいは病《やまい》は気からという言葉もあるくらいだ。一つの器に入っているのだから、行き届かない所なんて無いのかも知れない。

「ヴィオ様、いらっしゃいますか？」

「ええ、今行くわ」

お昼の時間になって、自分を呼ぶ声に席を立つ。初めの頃は自分も、そしてクラスメイト達も慣れなくて、注目を浴びては居心地の悪さを覚えていたけれど。今ではすっかりへっちゃらで、未《いま》だに好奇の視線を向けてくるクラスメイト達を背景と割り切れる様になった。ロゼットもそれは同じ様で、初めは泳いでいた目線が、今では真《ま》っ直《す》ぐにヴィオレットを見つめて来る。

「今日は少し曇っていて肌寒いですし、室内の方が良いかもしれませんね」

「あぁ、そう思ってサロンの用意をして貰っているの。ごめんなさい、言っておくべきだったわ」

「そんな、ありがとうございます！」

「一応ロゼットの気に入りそうなメニューを選んだけど、まだ変更出来ると思うから」

「私の事より、ヴィオ様にはご自分の食べる分を考えて欲しいのですけれど」

「ええ勿論《もちろん》、今日はシフォンケーキがおすすめらしいわね」

「そういう事ではなくて……分かって言ってますでしょ」

「あら、何の事かしら」

ぷくんと頬を膨らませてこちらを睨《にら》むロゼットの迫力の無さに、思わず笑みが溢れた。とぼけて見せると、丸く膨らんだ頬がより大きくなった。緊張で引き攣っていた当初の面影《おもかげ》は無く、むしろ他の人にとっても、今のロゼットは意外な表情をしている。ヴィオレットからすると、可愛らしい雰囲気の彼女にはよく似合っていると思うけれど。

——自分の気持ちを自覚して、十日程経《た》っただろうか。

あれ程混乱して、恐怖して、消し去りたい消えてしまいたいと思ったのに、時間が経てば僅かながらでも冷静になるものだ。マリンに泣き付いて吐露した思いに嘘は無いけれど、だからといって、どうにも出来ないなら認めるしかない。今ではもう、根を張り花咲いている場所が分かっているなら、後はそれを誰にも見られない様に気を付ければいいとさえ思っている。

水もやらず、日の下にも出さず、ただ枯れるまで待てばいい。自分ではどうにも出来ないのなら、時間に解決して貰《もら》うしか無いだのから。

「やっぱり、まだ曇っていますね」

窓の外を見上げたロゼットが、気落ちした声色で呟《つぶや》いた。話題というより、思わず溢れたと言った様な声量で。つられたヴィオレットが外に視線を向けると、そこには今にも降り出しそうな空模様があった。水を含んだスポンジの様に、絞ったら大量の雨が降り注ぐのだろう。

「この分だと、帰宅する時間には雨が降っているかも知れませんね」

「そうね……今日の放課後は別の所でお話ししましょうか」

いつもは初めて話したあのガゼボ、二人にとっての秘密基地で放課後のひと時を過ごしていたのだけれど、この天気ではあまり得策とは言えないだろう。この空の下では、ただでさえ薄暗いあの場所はもっと不気味な色になって、空気も冷たさを増している気がする。雨が降ればそれがより強まるだろうし、濡れて風邪《かぜ》を引く可能性だってある。

「そうですね。でしたらそれは、私の方でご用意しますわ」

「ありがとう」

隣を歩くロゼットに、その顔が自分よりもほんの少しだけ下にある事に気が付いた。見下げるという程の差では無い、せいぜい数センチほど度だろう。僅かに目線が下がる程度の身長差は、きっと話し易いはずなのに。

違和感が芽生えてしまうのは、見上げる程大きな人を連想してしまうからだろうか。

（ユラン）

あの日、おかしな別れ方をして以来、顔も見ていないし声も聞いていない。十日……それ程長い期間では無いし、今までだってこんな期間はいくらでもあった。そもそもユランが高等部に上がるまでは、擦れ違う事すらほとんど無かったのに。顔が見たいと、声が聞きたいと思うのは。あの日の罪悪感が詫《わ》びたいと主張しているだけなのか、それとも、自覚した恋心が、会いたいと叫んでいるだけなのか。

分からないのか、見ないふりをしているだけなのか、もしくは両方本心なのか。知らなかった頃なら、こんなに悩んだりしなかった。ただ想いの種類を自覚しただけなのに、どうしてこうも違うのだろう。

恋を知る前の自分は、どんな理由を付けて、ユランに会いに行っていたのだろうか。

95. 当たり前の事

声が聞きたい。姿が見たい。話がしたい。

それは不安だったり、恐怖だったり、恋しさだったり切なさだったり。理由なんていくらでも出て来るけれど、結局思うのはただ、彼女に会いたいという事だけ。

※※※

ユランは調べた事をメモしない。形に残す事は、すなわち証拠を残す事。それがユランにとって益になるなら良いけれど、逆の作用をもたらす事だってあり得る。ユランの様に与える印象だけで渡って来た者にとって、下手《へた》なイメージは死活問題だ。

幸いにして記憶力には自信があった。忘れたい事は山程あるが、どれも嫌になる程正確に覚えている。昔はそうした過去に布団を被《かぶ》って耐えていたけれど、今はその記憶力を素晴らしい長所と捉えている。おかげでユランは、沢山の情報を蓄える事が出来ているのだから。

「最近ずっと教室にいんなぁ」

「移動するのが面倒だから」

「姫さんの所には行かんでいいんか？」

頬杖《ほおづえ》をつくユランの机に腰を乗せて、ゆったりと首を傾《かし》げたギアの表情は楽しげで。一見するとこちらをからかっている様にも見える。だが実際にはギアにその意思はなく、ただこの状況を楽しんでいるだけだ。ユランを怒らせたい訳でも、焦《じ》らせたい訳でもなく、ありのままを知って、面白いと楽しむかつまらないと飽きるか、それだけ。

何処までも自分の為《ため》だけに生きている男だ。わざと悪意を振《ふ》り撒《ま》いて楽しんだりしないだけの理性はあるらしいが、楽しむ材料にされるこちらとしては、いずれにしても腹立たしい。ギアの言っている事が的確にユランの柔い部分を突いてくるから余計に。

「お前のせいで調べる事が増えた」

「息をする様に人のせいにするなぁお前」

「良い情報ではあった、感謝はしないが」

「そこは普通にありがとうで良いだろ」

ケラケラと大口を開けて笑うギアに飽きる気配は無く、どうやら完全にこちらの反応を全力で楽しむ事にしたらしい。ユランの不機嫌などお構いなしに楽しんでいる表情は、何とも鼻につく。最近めっきり減った睡眠時間と、増えて纏《まと》まらない情報とで頭が痛くなって来た。

眉間を押さえて俯《うつむ》くユランを、自由の化身はただただ眺めているだけで。頼めば何かしらの仕事はしてくれるだろうけれど、駒として使われてはくれないだろう。第三者として客観的に物事を見られるギアの視点はとても役に立つのだが、その気まぐれを当てにするのは得策では無い。

「まぁ、いいけどさ。何か気になるモンでも出てきたか」

「分かってて聞いてる？」

「さぁ？」

神経を逆撫《さかな》でされている様に感じるのは、ギアの表情のせいか、それともユランに余裕がないか

らか。
もたらされた情報はとても有益ではあったが、有益だからこそ、その信憑性《しんぴょうせい》と使い所に頭を使う。手間は増えたし睡眠時間は更に減った、それでも事態が思う様に進まないストレスが頭痛になって襲ってくる。これ以上は机に齧《かじ》り付いても、人の声に耳を欹《そばだ》てても、半歩だって進展はしないだろう。

「……頃合いでは、あるな」

集められるだけ集めた、考えるだけ考えた、なら次は。

「捕まらんようにしろよー」
「俺をなんだと思ってんだ」
「色んな意味で可笑《おか》しい奴《やつ》」
「お前にだけは言われたくない」

この学園で誰よりも異端なのはギアの方だろう。学園内だけでなく、世界的に見てもシーナの国民は異分子的な扱いだというのに、そこの皇子《おうじ》に可笑《おか》しい奴扱いされるとは。イレギュラーな立場をしている自覚はあるが、だからといって常識から外れている気は無い。愛情と執着心、優先順位と割り切りの早さ、その全てが一人に注がれているだけ。
大切な人を、ヴィオレットを、幸せにしたいだけ。

その為なら何だって出来るだけ——誰だって、傷付けられるだけ。

96. わらう

分かっていた――と、思うのは傲慢だろうか。

予想していたとも、知っていたとも少し違う。明確な表現方法が見つからない。ただそれでも、敢えて言葉にするならばやっぱり……分かっていた、それが一番適切な様に思う。

彼が自分の許《もと》に来る事を、ロゼットは分かっていたのだと。

※※※

「ごきげんよう、ロゼット様」

「……ごきげんよう」

人好きのする笑顔。こちらへの好意が透ける様な、美しくも可愛らしい表情だ。柔らかく細《ほそ》められた目元も、弧を描いた口元も、穏やかな声色も優しさで構成されている。誰が見ても、彼は相手に好意的な人なのだと思うだろう。そして何より向けられる当人自身が、彼は自分に一定の情を持っていると感じるはずだ。

ロゼットも、そう思うはずだ。思えるはずなのに。

（背筋が、冷たくなる）

沢山の好意を見てきた、捧《ささ》げられてきた。生来、嫌われた事の方が少ない人生だったと思う。だからこそ人の想いに、その中身に敏感になった。どう見られているのか、どう思われているのか、何を望まれているのか。立場と環境によって作り上げられたアンテナの優秀さは、ロゼット本人が一番よく分かっている。

だからきっと、この感覚も気のせいでは無いのだろう。完璧過ぎる程に完璧なこの笑みは、見た目通りの意味を持たない。美しい皮で擬態した獣の牙は、一瞬でこちらを噛《か》み潰せる威力を持っているはずだ。

引いてはいけないと、経験が囁《ささや》く。凍えそうな微笑みを恐れて、一歩でも後退したら最後だと、根拠のない確信があった。

怪訝《けげん》が顔に乗りそうになって、頬に力を入れた笑顔はきっと彼と同じく完璧なもので有っただろう。作り笑いには慣れている。無闇に愛想を振り撒くべきではなくとも、瞬時に笑顔を貼り付けるスキルくらいは持っておくべきだ。こういう時、役に立つから。

「突然声を掛けて申し訳ありません。驚かせてしまいましたね」

「いいえ、そうでもありませんわ」

平然とした答えに、一瞬だけ相手の表情に歪みが見えた。微《かす》かに、でも確かに、動揺した証拠。とは言え、予想の範囲以上のダメージにはならなかったらしい。その仮面が剝がれる事も、余裕が削《そ》がれた様子もなく、平静とそう変わらないままロゼットの目の前に居る男性――ユランは言葉を続ける。

「流石《さすが》は一国の姫君、俺が来る事を予想してらしたんですね」

慇懃無礼《いんぎんぶれい》。その言葉に含まれた棘《とげ》が、あまりにも明確だったから、理解出来た事。

箱入りのお姫様でも、その程度の頭はあるんだな……と。
美しい表面に騙《だま》されたら、一瞬にして搦《から》め捕られるだろう狡猾《こうかつ》さで、笑う、ずっと。綻び無く、緩む事なく、貼り付いた『笑顔』が物語る。こちらを、欠片たりとも信用していないその性根を。
そしてその事に、ロゼットが勘付いていると、理解している事も。
だからこそ、こちらも弛む事は許されない事も。

「あら……気付かれる様に、ワザとああしているのだと思っていましたわ」

分かり易い挑発は、きっと意味など無いのだろう。こちらに対して何の感情も割いていない相手には、挑発も、共感も、説得だって届かない。いっそ怒ってくれる相手の方がずっと扱い易《やす》い。無関心が、一番厄介で恐ろしい。
苛立《いらだ》ちを滲《にじ》ませる事もなく、お手本の様な笑い方のまま、ユランの首がゆっくりと傾げられる。ロゼットの発言に、何の事かと問う様に。こちらが核心を突くまで、一つの情報も出す気はないのだと。

「私の事を、色々と聞いて回っている様だったから、随分と回りくどい事をなさる方だと」

「そんなつもりは無かったのですが……ただ皆さん、ロゼット様をとても慕っている様でしたので、想いの丈《たけ》を聞いていただけですよ」

「それにしては、無遠慮な踏み込みだった様に感じましたけれど」

「不愉快な想いをさせてしまったなら、お詫び致します」

申し訳ありません、と、何の躊躇《ためら》いも無く頭を下げるその姿に、誠意が微塵《みじん》も窺《うかが》えないのは、うがった見方をし過ぎだろうか。言葉だけで無く、態度でも示せるのは誠実さの証《あかし》だと、ついさっきまでは思っていたというのに。

ロゼットが培《つちか》ってきた価値観を、他でもない自分自身の直感が否定する。誠意も、誠実さも、この人には当てはまらないと。

「ですが、少々気になってしまいまして」

その感想を、ただの印象を、肯定する様に。

鮮やかに歪《ゆが》んだ男が嘲笑《あざわら》う。

「――クローディア王子の『婚約者』である貴方《あなた》が、彼女に近付いている事が」

神聖であるはずの金色が、どろりとした闇で濁った様な気がした。

97. 踏み台か、それとも害か

「……何処で、その話を」

「あぁやっぱり、ただの噂《うわさ》ではなかったのですね」

顔色を変えたロゼットを見ても、ユランに特別喜んだ様子はない。奇襲が成功した人間の満足感も。

ただ己の知識の答え合わせをして、正解である事を確認した。そんな軽さで頷《うなず》いて、対人でのコミュニケーションを放棄しているかの様な奔放さで振り回していく。それに腹を立てるだけの余裕が、ロゼットには残っていなかった。

ユランが軽率に放り投げたそれは、ロゼットにとって最重要の秘密だ。個人としてではなく、一国の頂点に連なる身としての機密で、あったはずのもの。

「秘密は重いんです。重いものは、誰かに持って貫いたくなる。厳重であればある程、重要であればある程、柔軟性は失われていく。頑丈なものを壊すのは、想像するよりずっと簡単なんですよ」

想像よりは容易《たやす》いが、ユランが言う程簡単なはずもない。人の口はいつだって言葉を発する機会を待っていて、それが自分一人で抱えきれない程の秘密であれば尚《なお》の事。誰かと共有したい、誰かと分かち合いたい。強く重く口を閉ざしている者程、解け易く出来ている。のらりくらりと流される柔らかな者の方が、実は何も溢してはくれない。

そしてユランは、そういった者の心を解く術《すべ》を熟知していた。天性の才能ではなく、ぐちゃぐちゃに踏み荒らされた末に身に付けた生きる知恵。だからこそ、その使い道に迷う事もない。

体温が下がるのを感じながら、俯く事だけはしない。それこそユランの思うツボだと奮い立たせて、感情の読み取れない男の瞳を見た。

「ただの噂と、そう変わりありません。正式な誓約を交わした訳ではありませんから」

仮にこの事実が広まったとしても、証明する手立ては無い。ただ二国の頂点が、当事者であるロゼットとクローディアの父達が、互いの国にとってそれが有益だと理解しているだけ。王家同士の婚姻、最も利益があり不利益が少ない相手がお互いなのだと。

そう遠くない未来、それこそロゼット以上の相手が現れない限り、二人が夫婦になる事は公的に決定するだろう。

決定する未来は、確かに存在する。しかしそれは決して現在の話ではない。

他者の介入も、第三者の下衆《げす》な好奇心も、それによって生じる不和や不信も、鬱陶しくて堪らない。噂であればまだマシだが、ユランの様に直接尋ねて来る者も増えるだろう。否定するのは容易いが、事実を隠しながら嘘を言わないとなると面倒《めんどう》なのだ。ただでさえロゼットは、余計な『理想』まで背負わされているのだから。

「そんな不確かな話を吹聴《ふいちょう》されては困ります。一体誰からお聞きに――」

「あぁ、何か勘違いされている様ですね」

少しだけ腰を曲げたユランと、目線が同じ高さになった事で、その表情がよりよく見える。さっきまで見上げていた長身をかがめているというのに、さっきよりもずっと挑発されている様に感じた。見下すよりもずっと近くで、その笑顔の歪みを見せ付ける様に。

「別に、どうでも良いんです。彼が誰を選ぼうと、その相手が貴方であろうと」

計画の邪魔にさえならなければ。ユランの目的の妨げにさえならなければ。

彼女の、幸せの邪魔にさえ、ならなければ。

「何一つ、興味はありません。王子様の婚姻も、この国の益も、好きに決めて実行すればいい。俺にとって重要なのはそこではない、そんな事ではない」

クローディアが王になった時、その背に寄り添う妻は最重要と言ってもいいだろう。きっと未来で王を支える立場に就くユランにとっても、無関心でいい問題では無いはずだ。口を挟む事は出来ずとも、ある程度の関心は寄せるべき事柄。

だからこそ、こんなやり方で接触を図ってきたのだと、ロゼットは思っていた。目の前の男の事は欠片も理解していないが、その目を、色を見れば、彼の立場くらい簡単に予想も想像も出来る。

そんな予想も想像も飛び越えて、ユランが見ている先に居るものは。

一番に重要なのは、この事を知って、彼女が傷付く可能性の話。

「一度しか問いません。貴方と彼女、ヴィオレット様の出会いは、本当に、ただの偶然ですか？」

98. 当事者不在

「は……？」

問われている意味が上手《うま》く理解出来ずに、乾いた声が二人の間に転がった。

偶然以外の、なんだと言うのか。仮に偶然で無かったとしても、ヴィオレットとて子供ではない。立場を背負って生まれ育った令嬢としての経験値もある。もし、ロゼットが何かを企《たくら》んでヴィオレットに近付いたのだとしても、欠片も気付かずに掌《てのひら》の上で転がされる様な事にはならないだろう。どちらにしても、ユランがここまで警戒する必要は何処にもない。

あまりにも過剰な保護で、干渉ではないのか。

「彼女がクローディア王子を慕っていた事、知らないはずありませんよね」

ヴィオレットの歪んだ恋については、学園中の人間が知っている。それにクローディアが辟易《へきえき》していた事も……唐突に変わったヴィオレットの態度についても。家の事でそれ所じゃなくなったのではないかという、あながち間違いでもない憶測の内容から、本人に確かめる者は居ない。

かつてのヴィオレットがどんなだったかなんて、説明するまでもないだろう。

ヴィオレットにとってロゼットは、本来恋敵とでも言うべき相手である。勿論公式に発表された訳ではないのでヴィオレットが知っているはずはないけれど。ロゼットの方は、全てを知った上でそこに居る。ヴィオレットと話し、笑い、友人としての地位を確立しつつある。

そこに何の思惑もないと思える程、ユランの警戒心は薄くない。殊更ヴィオレットに関しては強固さが増すのだ——異常な程、過剰に。

「何が言いたいのか、よく分かりませんけれど」

「そう答える時点で、理解している証拠ですよ」

「…………」

「慎重になられるのは結構ですが、俺が貴方に辿《たど》り着いた時点で無駄な抵抗だとは思いませんか?」

不気味だと、率直に思った。こちらの一挙手一投足を観察して、一番嫌な所を的確に突いてくる。ゆっくりと、でも着実に、崖っ縁に追いやられている様な気分だ。優しく柔らかく問うのは声と口元だけで、棘だらけの目と言葉が降り注ぐ度に、腹立たしくて堪《たま》らない。

分かり易い警戒と不信、配慮も遠慮も無く土足で踏み荒らして行く。その全ては、誰かに対する大きな感情故だと、愛情故だと分かるのに。そのやり方があまりにも身勝手で、自己完結で。

独り善がりの暴走に、ヴィオレットを付き合わせている様に見えて。

「言い方を変えます──貴方《あなた》に話す事は、何もありません」

「…………」

「私とヴィオ様の事です。何を思い、何を話し、どんな関係を紡ごうとも、それは私達だけのもの。貴方には関係の無い事ですわ」

恋路の邪魔が野暮《やぼ》ならば、友情だってそうだろう。心配も不安も、相手が大切な程に大きくはなるけれど、だからといって立ちはだかっていいという理屈にはならない。察する事を美徳とする者も多いが、どれだけ気を回した所で当事者の声がないそれは、自己解釈の域を出ない。『貴方の為』

に価値が付くのは、偶然と幸運が味方した時だけ。

危険、不信、不釣り合い……どんな理由も、第三者が持ち出した時点でただの予想で想像で、真実は無い。

「何をしようと、何を思おうと、それは貴方の勝手ですし興味もありませんけれど……ヴィオ様を、貴方の支配欲に巻き込まないでいただけて？」

99. 正しさの意味を

ただ一つ、願うとするならば。

ただ一つ、叶《かな》うとするならば。

※ ※ ※

侮っていた事は認めよう。ただのお姫様で、守られてきた甘ちゃんだと。華奢《きゃしゃ》な身体の印象通り、簡単にへし折れる心根だと。嘲《あざけ》っていた事も、弁解する気はない。

それでも、彼女が選んだ人だからと、少しだけ、警戒はしていたのだ。悪い意味で鋭いヴィオレットは、同じく悪い意味で鈍感でもあるから。

彼女が気付けない悪意に曝されている可能性を考えて、調べ始めたら疑念ばかりが強まって。

あの『王子様』の関係者。それも、公《おおやけ》にはなっていないレベルでの婚約者。ユランですら、その特殊な立場をフル活用する事でようやく辿り着いた情報だ。ヴィオレットは知る由《よし》もないだろう。

知ったら、ヴィオレットはどうするのだろうか。悲しむのか恨むのか、はたまたゆっくりと心を沈めてしまうのか。どれにしたって、美しい顔が翳《かげ》る所なんて見たくない。

だから、警告の意味も込めてロゼットの前に姿を見せたのだ。秘密の漏洩《ろうえい》はユランがそれを口にするまで気付かれないとしても、周囲を嗅ぎ回った事には勘付かれているだろう事も折り込んで。

それがまさか、これ程までに神経に触れる相手であったとは。

（支配欲）

誰かを、自分の意のままに操りたいという欲求——確かに自分はその傾向が強い方だと、場も忘れて納得してしまった。

色々な物が手足に絡まって身動きが取り辛いからか、頭を押さえ付けられる日々が長かったからか、支配される事への拒否反応が強過ぎる自覚はあった。誰にでも優しく穏やかな面だけを見せているのは、その方が人の心に入り込み易いから。願いを叶えて貰い易いから。コントロールし易いから。

相手を、ユラン中心で行動させ易いから。

（成る程……身に覚えしか無いな）

無自覚に根付いていた性格を、今日初めて言葉を交わした相手に看破されるとは思わなかったが、それに対して怒りを覚える事はない。的外れな見立てであったら不愉快にもなっただろうが、これまで自覚していなかっただけで、ユランは正にその通りの人間だ。

支配される事を嫌い、支配し、コントロールする事を望む。傲慢で不遜な性根だ。ユランの中身は、目を背けたくなる様な蠱毒《こどく》の壺《つぼ》。塵芥《ちりあくた》にも劣る歪みに人が何を思うか、興味はないが想像は出来る。

ロゼットは『ユラン・クグルス』の毒を見たのだろう。優しく抱き締められる夢を見せながら、首に手を添える男の狡猾さを。多くの人間が良薬と信じて疑わない甘く柔らかなそれが、酷《ひど》い中毒に陥らせた末に思考を乗っ取る劇薬だと。

否定は出来ない、する気も無い。ロゼットが感じたそれは紛れもなくユランの本質で、そこに間違いはないのだから。

「間違ってはいませんが……惜しいですね」

ユランは、支配したがる側である。それは正解であるけれど……同時に、誰よりも支配されている人間だ。心の全てを明け渡したい人がいる。その為に、手に入れたい物がある。己の行動は全てその日の為の備えでしか無い。
傷付ける者を許さず、報復を躊躇わず、ユランが築いた城塞に護られて貰う為に。

「俺が願うのは、ヴィオレット様の幸せだけですよ」

「……彼女の為、とでも言うおつもり？」

ロゼットの目付きが鋭さを増して、ユランを非難しているのは明らかだ。勝手な行動に、勝手な理由を付けて正当化する。最後の責任を押し付けて、良い結果だけを受け取ろうとする。
そんな傲慢に踏ん反り返るユランでも想像したのだろう。

(思った以上に分かり易い……いや、)

思っていたよりもずっと、似ていたと言うべきか。
もっと夢に夢を重ねた、博愛と慈愛に満ちた存在だと思っていた。ユランとは正反対、対極に居て、絶対に理解し合えない存在なのだと。優しさと甘さ、それを善としているお姫様を想像していたのに。一皮剝《む》けば、それはそれは自分によく似た女がこちらを睨み付けている。
嬉しい誤算ではある。ヴィオレットのそばにいる人物が、彼女を傷付ける要因を持っていない事は喜ばしい。ユランへの憤りも、それが誰の為であるかを理解出来た今となっては微笑ましいだけだ。

だからこの嫌悪感は、彼女に対しての物ではない。

「とんでもない……彼女の為ではなく、俺の為です」

そもそもユランは、極端なまでに自我と欲が強い。誰かの為に動ける様な利他的な人間ではないのだ。

ヴィオレットの幸せを願うのは、それで自分が満たされるから。境界線が曖昧な心は既にユランの中だけでは収まらなくなっている。ヴィオレットに寄り添い、自分と彼女の幸せを一緒くたにして。

他人に言わせれば、可笑《おか》しい事だと自覚している。専門家に見せたら、何かしらの病名を付けられかねない価値観である事も。それで良いと思っている事も含めて、治療を勧められるだろう。

可笑しいのは、間違っているのはユランで。見守って、手を差し伸べて、導く方がずっと健全。気付かれぬ様に、気付かれる前に、勝手に道を整えてから自分で選んだと錯覚させるやり方は非道の誹《そし》りを免れない暴挙だ。

正しいのはロゼットだ。そんな事、言われなくても分かっているけれど。
——その正しさは、彼女を幸せにしてはくれなかった。

100．出会いの様な擦れ違い

何度も思い出す。何度も何度も夢に見る。

あの日の嫌悪を、憤怒《ふんぬ》を、憎悪を、怨恨を。

どれだけ痛め付けても足りない、ぐちゃぐちゃになるまで磨《す》り潰しても尽きない。この世の何処にも存在しない過去が、いつまでだって付き纏う。これが呪いで、代償だと言うのなら、何とも的を射ている。これ以上にユランの精神を蝕《むしば》む方法を、ユラン自身も想像出来ないから。

ヴィオレットが地獄に引きずり込まれた日。愚か者達が、己の罪も知らずに全てを彼女一人に押し付けた裁きの時。無意識の内に神を信じていた自分を恥じ、何も出来ない己の無価値を知って。

ユランは、この世界を許さないと決めた。

※※※

自嘲を含んだ笑みに、違和感を覚えないのは何故だろうか。
ユランについてほとんど知らないロゼットが、そんな風に感じるくらいには絵になっているし、さっきまでの高圧的な雰囲気とはかけ離れていた。前髪で影の出来た目元は何処か虚《うつ》ろに見えるのに、ギラギラとした苛立ちが滲み出る様な。悪魔や死神の目はこんな感じなのではないだろうかと想像させる、暗く淀《よど》んで欲に輝く金色。この国では神聖な色だと聞くが、ロゼットはこの先この目に清廉な印象を抱く事は出来ないだろう。

「知りたい事は知れましたし……俺はこれで失礼致しますね」

「……え？」

ユランの変化に何も言えなくなっているロゼットを気に掛けるでも無く、来た時と同じ軽薄な音調で。心底こちらへの興味を失ったらしいユランは、何の余韻もなく背を向けた。最後に見えたのは既に仮面を貼り終えた後の笑顔で、さっきまでの自分は幻を見ていたのではないかと錯覚しそうになる。
特に口止めしないのは、その必要性を感じないから……というより、交渉の余地がロゼットに無かったからだろう。ユランについての情報がほとんどないロゼットに比べ、ユランはこちらを調べ尽くしていると見ていい。何よりも秘密にしていた『婚約』の情報を知られている時点でお察しといった所か。
よく分からないが、勝手に疑われ勝手に納得したらしいので、引き止めてこれ以上何かを言う必要もないだろう。正直あまり積極的に関わりたい部類の人間ではない。

「……ヴィオ様は、分かっているのかしら」

彼の口ぶりからして、ヴィオレットとは相当親しい間柄なのだろう。若《も》しくは、彼が勝手にそう解釈しているだけの他人か、あの危うさからすると、どちらでも問題がある気もする。出来るならヴィオレットに交友関係を見直していただきたい所だが、それではさっきの自分の言葉がブーメランとなって戻ってきてしまう。
二人の事に、部外者が口を挟む権利はない。心配も不安も、ＳＯＳの無い状態ではただの自己満足なのだと、過剰が服を来た様なユランを見て肝に銘じたばかりだ。

（恐ろしい……とは、少し違う）

思わず後退《あとずさ》ってしまう様な圧迫感と、身を固くさせられる重圧感を持っている男ではあった。それは狂気であり、今にも手摺《てすり》を越えて奈落《ならく》へと飛び降りてしまいそうな危険性を孕《はら》んでいる。
それでも、ただ恐れ慄《おのの》く対象に分類出来ないのは、自信の裏に自己嫌悪を垣間見《かいまみ》たせいだろうか。

心を許せる相手ではない。それは向こうもそうだろう。互いに警戒し合い、共通の人を左右から大切にしたがっているだけの関係性。きっとヴィオレットが居なければ、そんな細い糸さえも繋がる事はなかった。

この縁が幸運なのか、それともいずれ邪魔になる物なのか。
その答えは、そう遠くない未来に知る事になるのだろう。

１０１．さよなら初恋

インクの匂い、ペン先が紙を引っ搔《か》く音、積み重なった紙の影。静寂と言うよりは、空気が停止した様な空間で。無心に同じ様な作業を繰り返す。時折聞こえる声は独り言にも満たない唸りで、会話なんてない。ただ二人で、互いの表情も確認出来ない様な距離で、それぞれの仕事をする。

かつては想い、想われていた者。
そして今は――今のヴィオレットとクローディアの関係は、一体何なのだろうか。

※　※　※

時は放課後。いつもと同じ様に帰宅時間を伸ばそうと校内に残っていたヴィオレットを、たまたまクローディアが見付けた事により、今の状況が完成した。

クローディアは会長として書斎机に着き、ヴィオレットは本来応接に使うはずのソファとテーブルを使って書類整理に没頭している。本来居るはずのミラニアは別の仕事で席を外しており、その他生徒会メンバーはまだ決まっていない。最早彼ら二人だけで仕事を回す事にも慣れつつあるそうだが、時間と仕事量と人数が比例しない状況は慣れでどうにかなるものでもない。

そこで今日も、何度目かのお手伝いに誘われたヴィオレットが、問題ないと了承した結果、何とか今日の分の仕事が片付く算段が立ったらしい。さっきから眉間に皺を寄せたまま紙束と睨めっこをしているクローディアの顔には、疲労が色濃く刻まれていた。

「クローディア様、少し休憩致しましょう」

「疲れたか？　誰か呼んで……」

「私ではなく、クローディア様が、です」

少しだけヴィオレットの方を見て、ベルに手を伸ばしかけたクローディアの言葉を遮って、立ち上がる。この場で休憩が必要なのは、ただの手伝いの自分ではなく、膨大な仕事量に潰されそうなクローディアの方だ。

彼の性格上、仕事が終わる前の休憩なんてと考えていそうだが、疲れた状態では物事を正しく判断する事さえ難しくなる。擦り減らして向き合うよりも、一度休憩してからの方が能率が上がったりするものだ。

「今のままでは後で訂正作業に時間に取られ、かえって非効率ですよ。一度手を止めて、なんなら仮眠を取られた方が宜《よろ》しいかと」

扉の外に待機している給仕に、温かい飲み物と甘い物を頼んでから、言われた事を理解するのにも時間が掛かっているらしいクローディアへと振り返った。目をまあるく見開いて、ヴィオレットの行動と発言に驚いた様子で。

咄嗟《とっさ》の事に対応出来ず、無防備になった時の表情は、ユランによく似ている。

（……ユランに、か）

本当は、ユランがクローディアに似ている訳で、きっと他の誰も、本人達すら気付いていない様な些細《ささい》過ぎる共通点。

きっと前までの自分なら、クローディアに誰かの面影を見出《みいだ》す事なんてなかった。反対に、ユランの中にあるクローディアの破片を探して、重ねて、想いを募らせていた事だろう。誰かに誰かを重ねて面影を探す行為が、如何《いか》に愚かで無意味なのか、誰よりも知っているくせに。

何処にいても捜してしまう。誰といても、思い出してしまう。だって焼き付いているのだから、根付いて離れないのだから。自分の中に当たり前に存在する恋心がいつも温かく発熱して、目が、耳が、鼻が、五感の全てがいつだってその人を待ち望んでいる。

クローディアを想っていた頃、ヴィオレットの心は焼け爛《やただ》れて今にも崩れ落ちてしまいそうだった。強過ぎる野望と強欲を恋心だと思い込んで、燃え盛っているのにまだ足りないと油を注ぐ。この身を焼き尽くすまで、誰かを、燃やし尽くした先に、幸せな恋の結末があるのだと信じて。

「……少し、休む」

運ばれてくるティータイムセットに、観念したらしいクローディアは重い腰を上げた。さっきまでヴィオレットが仕事をしていた向かい側のソファに沈んで、少し気不味《きまず》そうに視線を逸らす。いつも堂々として、王子である事に責任も誇りも持っているのに、意外と子供の様な人だ。

「…………」

温かいカップに口を付けてから、ゆっくりと息を吐く。きっと本人が自覚しているよりも疲れていたはずだ、肩の力を抜けば多少はマシになるだろう。先ほどよりは柔らかくなった眉間に、ヴィオレットも安心して喉を潤した。

こうして彼と穏やかなティータイムを過ごせるなんて、以前は夢にしか見た事がなかった。喉から手が出る程望んでいたはずなのに、実際に迎える日にはこんなにも見える景色が様変わりしているなんて。彼との恋に執着していたヴィオレットでは、決して見られなかった。周りを見ずに暴走して、色んな可能性を踏み潰していたから。

変わったのは、ヴィオレット。心の持ち方も、色々な欲を捨てて、一年という期間の中で影になれる様に願って。『今』は、その変化が齎《もたら》した結果なのだろう。

だとするならば、あの日のヴィオレットにだって、こんな日を迎えられる可能性があったはずだ。

今になってようやく、顧みられる。必死になって目を逸《そ》らして来た事、思い出したくない時間を、ようやく受け入れられる気がした。ユランへの想いを自覚した時、一緒に気が付いた、見えなかった人達の事。

「クローディア様」

「ん……？」

「今まで、沢山のご迷惑をお掛けして、申し訳ありませんでした」

カップを置いてから、ゆっくりと頭を下げる。今までの所業を思えば、もっと早くに誠心誠意謝罪すべきだったのに、今日という日までヴィオレットは、己の罪にきちんと向き合う事が出来なかった。

自分だけが悪いとは、きっと今でも思っていない。ああする以外の方法を知らなかった己を、被害者の様に感じている事だって、否定出来ない。今もきっと、自分の事を可哀想《かわいそう》だと思っているし、それでも変わらない環境に諦めを覚えただけの事で。あの家に生まれた時点で、自分はかつての罪を真っ当に反省したりはしないだろう。心の片隅には今でも『お前達のせいだ』と残り火が燻《くすぶ》り続けている。

でも、クローディアは、彼に対しての行動だけは、ヴィオレットの罪だと思う。

あの日々に、想われたクローディアに、落ち度はなかった。受け入れられない想いを拒否するのは当然で、ヴィオレットの行動は陰湿な悪あがきでしかない。ヴィオレットが傷付いていたとして、辛い境遇にあったとして、それを無関係の第三者にぶつけるのは、どんな言い訳を貼り付けても八つ当たりという迷惑行為。

目を逸らして、諦めたふりをして、自分の醜い部分を再認識したくなかった。罪人になっても尚、自分は悪くないなんて言う人間だと、思い知りたくなかった。ヴィオレットをあの牢《ろう》へと誘《いざな》ったのは全て周りのせいだと、その結果罪を犯しただけだと――そんな風に正しく反省も出来ない自分を知りたくなかった、誰にも、知られたくなかった。

誰に咎《とが》められる事も無い行いの話だ。あの日々を覚えているのはヴィオレットだけで、クローディアは本当のヴィオレットの罪を覚えていないのだから。

それでも言いたかったのは、ただの自己満足。クローディアの為ではなく、ただ自分の為だけの謝罪。きちんと終わらせなければと、向き合わなければいけないと思ったのだ。そうでないと自分は、あの牢の中に取り残されたまま進めない。

独りで生きて死ねる世界では、もう生きられない。諦めて、流されて、ただ終わるのを待つだけでは、満足出来ない。手を取りたい人が、一緒に居たい人が、報われなくてもいいから、ただ、想って生きる事を許されたい人がいるから。

誰も幸せにならない道を進んだ初恋に、幕を下ろそうと決めた。

102．最後はまたねで終わりましょう

終わりとは、こんなにも静かなものなのだろうか。もっと辛く、痛く、もっともっと、苦しく重いものだと思っていた。綺麗な思い出になるはずもなく、きっと一生、後悔の破片が消えずに残り続ける様な。
自分とヴィオレットの最後は、どちらも血だらけ傷だらけになるのだと。

「今まで、沢山のご迷惑をお掛けして、申し訳ありませんでした」

真っ直ぐにこちらを見る、その姿を美しいと思う様になったのはいつだろうか。廊下を歩いている時、ふと姿を捜したり。見かけたら、話しかけたくなったり。
常に焦がれていた訳じゃない。頭から離れなくなる程、付き纏っていた気持ちじゃない。むしろ前までの方がずっと忘れられなくて、いつも警戒していたくらいだ。それなのに、前よりずっとずっ

と厄介な物を抱いてしまう。

「私のした事を、許してくれとは言いません。言える訳がない。ただ……もう、クローディア様を困らせないと、お約束致します」

一音が、一言が、頭の奥に染み渡る。聞きたくないと思ってしまうのも、聞き逃したくないと思うのも、きっと同じ事なのだ。理解するなと警鐘が鳴るけれど、彼女の目を見ていると、止める事なんて出来なくて。心臓の奥が縮む様に、柔らかく、握られる様に。甘く苦い感覚に蝕まれていく。

「私の言葉が信頼に足るもので無い事は、分かっています。信じて欲しい訳ではないのです、ただ……知っていて欲しいだけ」

同じ事を、言った憶えがある。ヴィオレットを初めてこの場所に招いた日、二人だけが知る、忘れるべき一日の事。あの日も同じ様に、彼女は自分の目の前に居た。色々な事が変わって、避けていた頃よりもずっと近くにヴィオレットを感じているはずなのに、だからこそ明確に感じてしまう距離がある。

自分への想いを感じなくなって、得たのは安心だった。その次に、聡明《そうめい》な才女としてのヴィオレットに好感を抱いた。笑った顔が、とても可愛いと知った。

知りたく無いのに、考えたく無いのに、分かってしまう。自分の辿った道には、いくつもの切っ掛けが散らばっていて。気が付かなければ、きっともっと楽だった。もっと早くに気付いていれば、今日という日は来なかった。

でもきっと、ヴィオレットがクローディアを想ったままなら、何も始まりはしなかった。

「……信じる」

理由が欲しかった。免罪符が欲しかった。誰に咎められた訳でもないのに、強いて言うなら、ちっぽけな己のプライドが、あんなにも煩《わずら》わしく、嫌悪感すら抱いていた相手を、素直に美しいと認めたがらなかった。少しでも多くの理由を、目が耳が足が、ヴィオレットに向かう正当な名目を。

背筋の伸びた立ち姿とか。笑った時に下がる眦《まなじり》とか。作法の整った食事の仕方とか。実は考えている事が顔に出易い所とか。色々な事を、諦めている所とか。たった一人の名だけを、安心し切った声で呼ぶ所とか。

沢山の理由を作ったのに、その理由のどれもが、己の想いの価値の無さを思い知らせてくる。視野も思考も狭いのだと、言われて気付いただけでは足りなかった。

貫けば良かったのか。矜持《きょうじ》も柵《しがら》みも外聞も捨てて、ただ己の気持ちだけで動けば何か変わっていたのか。そうすれば、少なくとも想いを告げる事すら叶わずに終わったりはしなかったのか。

そんな事、出来るはずがない。それをしてしまったら、それはもうクローディアではなくなってしまう。矜持を持ち、外聞に耳を傾け、柵みを生み出せる事が、この立場に生まれた者の特権であり義務なのだから。

「信じるし、知っている。君が信頼に足る人間だと……もう、分かっている」

そう、だからこれは、きっと正解だ。誰も何も、壊れる事無く、静かに幕が下りていく。その隙間から少しでも長く見ていたいと望むのは、諦めの悪い未練なのかも知れない。どうして自分は、どうして彼女は、もっと早く、もっと遅く……雑音が犇《ひし》めく中でも美しい人は何処までも美しいままだ。

「あ……ありがとう、ございます」

綻ぶ様に、笑う顔。また一つ、積み重なっていく。この先どれだけ積み上げても、この気持ちが価値を持つ事は無いのに、それでも一つ一つを大切に包んで慈しんでしまう。何とも滑稽で、憐《あわ》れな結末だ。掌にあったはずのそれが残らず滑り落ちるまで、何一つ自覚しなかった男の末路。物語なら駄作の烙印《らくいん》を押されて終《しま》いだろう。

(――それでも)

芽吹いたそれが、今尚枯れる事のない花が、知る事の出来た美しさが。一つとして無価値に思える事はない。滑稽でも駄作でも、どれもこれも全て、大切な物だと分かるから。辛《つら》くて悲しくて痛いけれど、全部飲み込んで素晴らしいと笑える。

ごめんなさいではない、ありがとうも、少し違う。二人の終わり、二人だけが知る終焉《しゅうえん》の挨拶に、一番相応《ふさわ》しいのは。

「……君で、良かった」

——初めて恋をしたのが、君で良かった。

103. 貴方の隣に帰ります

すっきりしたというには、喪失感の方が大きい気がする。それだけの容積を占める感情で、記憶だったという事だろう。寂しい訳ではないし、後悔も無いけれど、やっぱり彼の存在は愛とはかけ離れた場所で特別だったから。

「遅くまですまなかったな。迎えは大丈夫か？」

「はい、いつもこのくらいまで残っていますから」

まだ残るらしいクローディアを残して、暗くなる前にと帰宅を促されたヴィオレットは、先に生徒会室を出る事になった。玄関口まで送るとの申し出を断って、いつになく軽く和やかな雰囲気に、違和感を覚えるのと同じだけくすぐったい気持ちにもなる。

終わったと言っても、この先自分達の関係性がどうなるかはまだまだ未定……不明だ。元々が特殊だったからか、今更真っ当に変化しようにもどう始めて良いものやら、お互い核心には触れない様にしている。友人という程の関係でも無いが、だからと言って今日から赤の他人ですというには関わり過ぎた。前までの二人なら、このまま他人になるのが自然であったはずなのに。一方的に交流を望んでいた頃よりも、互いに適切な距離を保とうとしている今の方が、関係の名前に困る事になるなんて。

「……これは命令ではないし、お願いとも違う。あくまでもヴィオレットに選択権があるのだと理解した上で、聞いて欲しいのだが」

歯切れの悪い言葉選びと、気不味げに逸らされた視線に、ヴィオレットは首を傾げた。基本的にはっきりとした物言いをするクローディアが、ここまでの前置きまでしている事に疑問符が浮かぶ。その視線に観念したのか……腹を決めたのか、一度の深い呼吸をした後で、しっかりとヴィオレットに視線を合わせて口を開く。

「ヴィオレットさえ良ければ、生徒会に入らないか」

「…………え？」

「仕事の速さと正確さは、何度か手伝って貰って分かっている。人格的にも信頼しているし、家柄に煩《うるさ》い者達も君なら文句は言えないだろう」

並んだいくつもの勧誘理由は、確かにどれも正当で筋も通っている。クローディアとしても、嘘を吐《つ》いているつもりは無い。ただ、目に見えて戸惑うヴィオレットにとっては、どれも受け入れ難いものらしかった。彼女の自己評価の低さが原因である事は瞭然で、同時に、クローディアもまだ言っていない事がある。

初めてヴィオレットをこの部屋に招き、共に仕事をした日から、考えていた事。

「それに生徒会の仕事なら……帰宅時間が遅くなっても、問題は無いだろう」

「っ……！」

自宅に何かしら居心地の悪さを感じている事は、以前から気付いていた。楽しそうとは言い難い表情でぼんやりしている所を見かけた事だって……ヴィオレットに新しい家族が増えた頃から、何度となく目撃していた。

直接確認した訳ではないから、本当の所は分からない。継母《ままはは》と異母妹、それがヴァーハンの家にどんな影響を与えたのかも。ただ一人で、家にも帰らず誰かと話す事もなく、風に揺られる花の中に溶け込む姿は消えていきそうで。

何か紛れる理由と手段はないものか、考えた末に思い付いた。ヴィオレットの為なんて綺麗事だけではなく、クローディア側にも利益がある提案だ。ヴィオレットへの施しだけで手を差し伸べられる様な関係性は、二人の間に無いのだから。

「勿論、責任の伴う仕事だ。拘束時間も長いし仕事量も今日の比ではないだろう。俺達は助かるが、逆に与えられる物はほとんど無い」

「…………」

「だから、今すぐに返事を貰えなくていい。いつまでも、とはいかないが、充分に考えて決めてくれ」

「は、はい……」

まだ混乱しているらしいヴィオレットは、何処か舌足らずな返事で視線を彷徨わせる。自分のせいだと分かっているクローディアにはどうする事も出来ないが、拒絶反応を示していない事には幾分か安心する。これまでと、今日を思えば、ここで綺麗な文面の断りを入れられても文句は言えなかったから。

「では、気を付けて」

「クローディア様も……ご無理を、なされませんよう」

ヴィオレットからの労《ねぎら》いに苦い笑みを返して、再び生徒会室に戻るクローディアを見て、まだまだ仕事が山積みらしい事が想像出来た。無理をしたくなくとも、それを叶えられる手が足りないらしい。だからこそヴィオレットを誘ったのだから当然と言われればそれまでだけれど。

(生徒会……)

昔の自分だったなら、喜んで頷《うなず》いていた事だろう。仕事である事も理解せず、その価値があると言われただけで全てが許された気になって。いとも容易く調子付く己の所業が次々と想像出来てしまう。

今ならば、そんな簡単な話でない事が理解出来る。疲れた様子の彼に、たった二人で回すには多過ぎる仕事量に、減った様子が見受けられない紙の束に。それを少しでも助けられるなら、猫の手程度の力にでもなれるなら、今まで迷惑を掛けた分の贖罪《しょくざい》の意味も込めて、受けるべきなのではないのか。

(……でも、なぁ)

迷惑を掛けた事は反省しているし、家に帰らないでいい大義名分も魅力的だ。他ならぬクローディアがヴィオレットで良いと言っているのなら、能力の規定値は備わっているのだろう。クローディアは正義感や同情心に釣られ易い性格ではあるけれど、それだけで重要な役員を決めるほど愚かではない。

相互利益のある話である事も、分かってはいるのだけれど、それでも頷けない理由は――。

「――おかえり」

窓枠に腰を掛けて、こちらを見る目。微笑に細まって、縁取る睫毛《まつげ》が影を作っていた。綺麗で、可愛くて、優しくて柔らかい。笑顔は人を安心させるのだと、教えてくれたのは彼だった気がする。

笑っていても泣いていても怒っていても、人は全部全部恐ろしいと思っていたから。

「あれ……おかえりはちょっと違うかな？」

「いいえ、あってるわ」

何処に居ても、誰と居ても、ここに帰りたいと思う。

そこが、自分の居場所だと、思う。

「ただいま、ユラン」

君と一緒に居たいから、なんて。
そんな理由で断ったら、彼はまた、笑ってくれるだろうか。

104．正義の味方

久しぶり、という程時間は経っていない。それでも長い間離れていた様な気になるのは、それだけ焦がれていた時間があったという事なのだろう。人の気配が薄くなった廊下の片隅で、当たり前みたいに言葉を交わす事が出来る。見かけるだけでは足りなくて、声が届くだけでもダメで。手を伸ばせば触れられる、お互いが視線のすぐ先に居る事の幸福感。

この一角に、世界の全てが詰まっているみたいだ。

「まだ帰っていなかったのね」

「ヴィオちゃんがまだ残ってるみたいだったから」

「何か用事？」

「ううん、待ちたかっただけ」

にこにこにこ、機嫌の良さそうに笑う所は、いつもと何ら変わらない。きっと昔からそうだったし、むしろ怒っている姿の方がずっと珍しいくらいで。今まで当たり前に受け入れていた事が、受け止める側の気持ち一つで、こんなにも神聖に感じられるものなのだろうか。恋をした者は皆、こんな気持ちになるのだろうか。

仕草の一つ一つ、言葉の一つ一つ。そのどれもが特別で、心臓の辺りを重くしていくのに、その重量感が嬉しい。積もれば積もるだけ、大きくなっていく様で。誰にも負けない恋心が作り上げられていく様で。気持ちなんて目には見えない物を他人と競っても、意味はないはずなのに、彼を想う気持ちは誰にも負けないなんて思ったりして。

「でも、何処に居たの？　色んな所を見て回ったけど、何処にも居なかったね」

「あぁ……生徒会室に居たから」

生徒会の一言に、ユランの表情が僅かに揺れた。ほんの僅か、時間にして数秒、瞬きしたら忘れてしまいそうなくらいの動揺だったけれど、確かにその口元が引《ひ》き攣《つ》った瞬間があった。

誤魔化《ごまか》した方が良かったかもしれないと、少しだけ後悔した。ユランにとって生徒会、その中にいる人はいつまでも特別で、ヴィオレットの様に割り切ってしまえる相手ではない。そんな相手に一方的に執着して暴走するヴィオレットを、どんな気持ちで見ていたのだろうか。沢山心配も掛けただろうし、もしかしたらヴィオレットと親しいというだけで嫌な思いをしたかもしれない。そんな事にも考えが及ばないくらい、盲目的に傲慢だった。

「お仕事のお手伝いと……これまでのお詫びを、してきたの」

「え……？」

「これまでの私の言動について、きちんとした謝罪をしていなかったから」

晴れやかに語るヴィオレットとは対照的に、さっきよりもずっと分かり易く動揺したユランの瞳が泳ぐ。震える様な小ささで小刻みに揺れる金色が、彼《か》の人と重なって……同時に、全く違うものにも思える。特別な人だから、ほんの僅かの欠片にでも反応してしまうけれど、重ねる度に誰とも違う感情を自覚したりして。最後には、あぁ、やっぱり好きだなって思う。

「色々な事を、考えたの。自分の事、自分のした事、人の気持ち。今まで目を向けてこなかった事を見て、知ったわ。考えるのって凄く大変な事なのね……そんな事も、知らなかった」

ここ最近、ヴィオレットの脳内はぐるぐるに掻き混ぜられている様な状態だった。目を背けていた事に向き合うというのは、想像よりずっと簡単で、想像よりもずっとずっと疲れる。

それでも、行きたい方向が定まっているだけで、歩みを止める気にはならなかった。なりたい自分、なんて大層な物ではないけれど、少しでもそばに居て良い理由が欲しくて、近付けない理由を削ぎたくて。美しい姿だけを見て欲しいと思うのは、恋する乙女《おとめ》の習性だ。

「あの、それでユランにも……この前は、ごめんなさい。嫌な態度を取ってしまって」

「ヴィオちゃんにされて嫌な事なんてないよ。心配にはなったけど」

ユランはいつだって優しくて、綺麗な存在のままそこにいる。その隣にいる為に、それだけの欲求で己を省みるなんて、本当の意味での反省と更生ではないのかもしれない。でも今更、ヴィオレットに正義を信じる気持ちなんて持ちようがないのだ。颯爽《さっそう》と現れて全てを救ってくれるヒーローなんていない。いつだって誰にだって、優先順位とか運とか、取捨の選択肢があって。誰の手も届かない場所で泣いている者には正しさなんて無意味だ。今が変わる、その結果があるなら、理由も理屈も何でもいい。

「私、沢山酷い行いをして……ユランが知っているよりも、ずっとずっと酷い事をしたの。人として、絶対に越えてはならない一線だって、踏み越えてしまった。悪人と言われても否定なんて出来ない人間なの」

誰も知らない、もうなくなってしまった過去の話。詳しくなんて絶対に話せないし、下手をすれば今後そんな行動に出るつもりなのかと疑われかねない。メアリージュンに対しての悪感情がないかと言われれば嘘になるけれど、殺したい程憎んでいるかと問われれば否と断言出来る。近付きたくない、関わって欲しくないだけで、排除したい訳ではないのだから。

それでも、こんな遠回しで分かり辛い言葉を選んででも伝えたのは、知って欲しかったから。曝《さら》け出して、自分勝手に投げ渡して、後から失望されない様に。予防線の様で、囲い込んでいるだけだと、分かっている。

それでも一緒にいて欲しい——そう、言ってはいけないだろうか。

「……ヴィオちゃんは、少しだけ勘違いをしてるね」

俯きがちになった視界に、窓枠から腰を上げたユランの足先が映る。何を言われるのかと身構えて硬くなった肩よりも上、髪で隠れた両耳を大きな手がふんわりと包み込む。驚いて上目で様子を窺《うかが》うと、額がくっつきそうな程近くにユランの溶ける様な笑顔があって。

内緒話《ないしょばなし》をする時の小さな音で、ヴィオレットにだけ鮮明に聞こえる優しい声が、耳から心臓へと染み渡る。

「何でも良いよ、悪でも、善でも、他の何かでも良いんだよ。何をしてても、どんな事があっても、関係ないよ」

誰もが憧れる英雄になんて興味は無かった。弱い人を助けるヒーローにだって、なりたいと思わなかった。小さい頃、守りたいのは自分の命だけだった。他の誰かなんてどうでもいい、その気持ちは今も変わらない、けど。

ただ一つ、変わった事。ヴィオレットを得て、ユランが初めてなりたいと思ったもの。

「俺は正義じゃなくて、ヴィオちゃんの味方なんだから」

他の誰でもない、この人だけの味方になりたいと、思った。

105. 神様

この人だけの味方だ、何時《いつ》如何なる時も、誰が敵になったとしても。
何に、縋《すが》ったとしても。

※※※

ヴィオレットと別れ、ユランが帰宅した頃には、空が暗さを増していた。基本的に毎日このくらいの時間に帰宅しているので、家族も特に気にする事もなく、出迎えも最小限の使用人だけだ。両親とはこの後の夕食で顔を合わせるだろう。

ユランを引き取った両親は、どちらも優しくマイペースだ。懐が深く器がデカく、人それぞれの価値観を大切にしているが故に、他人への干渉も最低限。だからといって薄情とか無関心という訳ではなく、人との距離感や境界線をきちんと理解している人達だった。

他人をまず、悪意か無関心かで分別するユランから見ても、公正な人格者だと思う。ユランが初めから彼らの子として生まれていたら、心から尊敬し、その背を目標にしていた事だろう。決して覆りようのないたらればで、今更彼らの様になる事は出来ないし、なりたいとも思わない。公正さに憧れを抱ける日はもう遠い昔に過ぎ去ったのだから。

部屋に入って真っ先に、鞄から取り出した懐中時計《かいちゅうどけい》を硝子ケースにしまった。懐中時計の蓋にあしらわれた菫《すみれ》の花が硝子越しに輝いて、これ以上ない程に美しい。厳重で頑丈で、懐中時計の美に釣り合うケースは探しても見つからなくて、ゼロから口を挟み続けて理想のケースを作って貰った。

楽な姿に着替えて、制服はソファに纏めて掛けておいたら、ユランが部屋を出ている間に誰かが回収してくれるだろう。この部屋の物には極力触らせず、衣服やゴミだけを片付けて貰う様にしている。昔から一人を好むユランに対して、周囲が順応してくれたおかげだ。王の妾《めかけ》の子なんて、仕えるべき相手となってもあまり関わりたいものではない。ユランが部屋にいる時わざわざ訪ねて来るとしたら、両親だけだ。

窓際に置かれた椅子に座り、片足を上げる。その膝に顎を乗せて、視線の先には窓の枠に並んだ写真立て。でもその中の思い出は写真ではなくて、色褪《いろあ》せた押し花だったり、掌サイズのメモだったり、切れてしまった組み紐《ひも》《く》だったり。

ゆったりと持ち上げた指先が、冷たいフィルム越しに押し花をなぞる。写真で場面を切り取らなくても、劣化して鮮やかさを失った花が記憶の扉を開けてくれる。

この花を一緒に見た時は、何て名前なのかも分からなくて可愛いねなんて言うだけだった。雑草と同じ扱いでも枯れる事無く群れを作っていたそれが勿忘草《わすれなぐさ》なのだと知ったのは、一緒に図書館で遊んでいた時。二人で一つの本を囲んで、読みたい本をメモして、読み終わった物には丸を付ける。物語よりも図鑑とか子供向けの歴史書を好んでいた中で、自然に切れたら願いが叶う紐のジンクスを知った。

ヴィオレットの言葉全て、表情、その時の空も風も香りも全部、全部覚えている。

(やっと、ここまで来た)

ごつんと音を立てて、膝と額がぶつかる。写真すら残せずに、幸せの欠片を閉じ込めるしか出来なかった幼い自分。目の前で笑っているヴィオレットが、背を向けた途端苦しい現実に押し潰されているのだと、気付いてもいなかった頃。

そばに居られるだけでいいと、欲の意味も知らず、根拠もなく、ただ純粋に、想いさえあれば永遠が保証されると信じていた。泥水の中を泳いでいたくせに、子供特有の甘さが楽観視をさせる。どんなものだって永続はなく、継続には力が必要なのだと、気付いた時には終わりへのカウントダウンが始まっていて、自分の無力さを思い知らされる。

彼女の幸せの為なら何でも出来る、なんて、思っているだけでは意味なんてないのだと。

（ここまで、いや、ここからだ。まだ、下準備が済んだだけ）

逸《はや》る気持ちを落ち着かせようと、何度も何度も膝に額を打ち付ける。調子に乗るには早く、油断して足元を掬《すく》われでもしたら、これまでの全てが水泡に帰してしまう。

一杯になった空気を吐いて目を閉じると、瞼裏では、はにかんだヴィオレットがこちらに手を伸ばしていた。

いつだって、手を差し伸べてくれるのはヴィオレットの方。だからユランは立っていられるし、彼女の許へ歩こうと思える。自己解釈と強欲を行動原理とするユランは紛《まが》う方《かた》なきエゴイストだけれど、自己所有感に関しては影も形もないのだから。

自分の頭から爪先、詰まった五臓六腑《ごぞうろっぷ》も流れる血液も、人生も魂も余す事なくヴィオレットの物。

だからこそ、彼女には籠の鳥でいて貰わなければならない。安寧で編み上げた世界の中で、生涯、外敵の影を知らぬままに。行きたい所には、抱えて行くから。飛び立ちたいなら、広く大きな籠を作るから。何かあった時、この身体が盾となれる場所にいてくれと、願うのだ。

所有者を失ったら、たった一人の神様が、息絶えたら。

そんなの耐えられない——耐えられ、なかった。

（大丈夫、出来る、やる。絶対に間違わない……今度は、絶対に）

噛み締めた唇は仄《ほの》かに血の味がする。爪を立てた掌が痛んで、皮膚がゆっくりと千切れていくのが分かった。じんわり熱を持った気がしたけれど、痛みなんて感じない。どうでもいい、この程度。

愛して止《や》まない世界が、踏み潰されて壊れてしまった、あの日の絶望に比べれば。

106．沈殿した記憶達

思い出したくない記憶というのは、幸福な物よりも色濃く、深く、刻《きざ》み込まれるものだ。過ちとか、後悔とか、消したい過去程鮮明に染み付き、必死に擦《こす》っても叩《たた》いても、滲むだけでなかった事にはならない。時には他の場所にまで浸食したりする。過去を成長の材料に出来るなら、それは素晴らしい事だけれど。

忘れてはならない、糧にしたからといって消える訳ではないのだと。

ユランの糧となり、それでも忘れる事の出来ない記憶は、未来であり過去である日の事だ。この世の何処にも、誰の記憶の中にもない、ユランだけが覚えている、憎悪と憤怒《ふんぬ》と殺意の蠱毒《こどく》。喰《く》らい合った先に残ったのは、神さえ殺そうという決意だった。

世界が時を戻したあの日、誓った。

今度は絶対に、間違えたりしないのだと。

※※※

「ヴィオレット・レム・ヴァーハンが捕まった」

それは唐突という程意外な事ではなく、でもやっぱり、心の何処かで排除したがっていた可能性の実現だった。


「腹違いとはいえ、妹を殺そうとするなんて」

「クローディア様と婚約された事への嫉妬だとか」

「浅ましい」「汚らわしい」「悍《おぞ》ましい」

「聡明な王子が、あんな女を選ぶはずがないというのに」


耳を塞いでも聞こえて来る軽蔑と嘲笑。

誰もが罪人である彼女を袋叩きにし、被害者でありながら姉を庇《かば》う美しい異母妹を称《たた》えた。そこに王子様との婚約も加わって、世間はヴィオレットへの罵詈雑言《ばりぞうごん》と、王子様とお姫様の恋物語への賛美で溢れかえっている。

気持ち悪い。浅ましい汚らわしい悍《おぞ》ましい。何も知らない人間が、正義面して微笑み合っている。悪が倒れ、世界は平和になり、誰もが幸せになったと錯覚して。全部全部、粉微塵に吹き飛んでしまえばいいのに。

ヴィオレットが異母妹への殺人未遂罪で投獄された。

ユランがその事実を知ったのは、事が起こった翌日だった。

夢を見ているのだと、思った。ここは悪夢の中で、全ては不安が見せた幻で。目を覚ませばまた、大好きな人が麗しの声で名前を呼んでくれる。世界は彼女を中心に回り、誰もその存在を脅かしたりしない。傷付けるなんて、思い付きもしない――そんな都合の良い妄想は、何度願えば現実になったのだろうか。

「本日はありがとうございました」

「…………」

顔が見えなくなるまで頭を下げる警官に視線すら向ける事なく、来た道をゆっくりとした足取りで戻る。背筋は伸びているけれど首は緩く俯いて、虚ろな目が何処を見ているのか、整える事のなくなった前髪の隙間からではよく分からない。変わらなくなった表情は、たとえ変化があったとしても、誰一人として気付く事は出来ないだろう。

大衆が思い描いていたユラン・クグルスという人間は、ヴィオレットが捕らえられた日に欠片も残さず消え去っていた。
穏やかな雰囲気も可愛らしい笑顔も、人の話に耳を傾け相槌《あいづち》を打っていた姿も、全てが影も形も残ってはいなくて。重い雰囲気も、生気を感じさせない表情も、誰の声にも応えず話す事もなくなった今のユランは、多数派の暴力に潰れていた幼い頃によく似ていた。
ヴィオレットと出会っていなければ、こうなっていたであろう自分。

どれくらい日数が経ったのか、もうよく分からない。寝ているのか気絶しているのかも判断出来なくなって、朝でも夜でもどちらでもよくなる。空に輝くのが太陽だろうと月だろうと、ユランの地獄が終わる訳ではないのだから。
そんな中でも唯一時間だけは正しく認識していたのは、彼女を救う為に出来る事に、時間制限があったが故だろう。嘆願でも面会でも。建物が開いている時間でなければ受け入れてすら貰えない。

まだ生きている、まだ、ヴィオレットを救う手立てがある。
今のユランにとって、それだけが生きるよすがだった。

「ユラン」

誰かに名を呼ばれて、足元しか見ていなかった視線を少しだけ上げた。顔まで見なくても、その絢爛《けんらん》な様相で誰なのかすぐに理解した。ついでに、その隣に控えた小柄な影の事も。

今の今まで、骸骨の穴とそう変わらない伽藍洞《がらんどう》だった目に、初めて『感情』と呼べる何かが宿った。スッと細まった視線の先で、こちらに対する気遣いでもするかの様に、王子様と未来の王妃は神妙な顔でユランを見ている。まるで、心配だとでも言うように。

「今日も、呼ばれていると聞いた……何も話さない事も」

呼ばれている——クローディアの言い回しに、ユランは自分が呼び出しを受けていた事を思い出した。といっても、あぁ、そういえばそうだったな、程度だったけれど。どちらにしてもユランはこの場に出向いたし、己の目的以外に目を向ける事はないのだから。

「何故、何も言わない。彼らだって形式として話を聞いてはいるが、本気でお前があいつと……ヴィオレットと共謀していたなんて思ってはいないのだぞ」

ヴィオレットの逮捕は現行犯の様な物だった。メアリージュンの悲鳴と物音に使用人の誰かが気付き、そのまま取り押さえられたのだから。計画性のない短絡的な犯行、衝動のままに暴走した彼女が単独犯である事は明白であり、警官達も関係者への事情聴取と銘打ちながら、形さえ整えれば内情なんて関係ないと思っている。そうでなければ、マリンが必死に語ったヴァーハン家の現実が何処にも洩《も》れずにいられるはずがない。

そんな中、誰よりもヴィオレットに近しく好意的で、誰にも何も語ろうとしないユランは、ヴィオレットとの共謀が疑われている――という図を、自らわざわざ作り上げたのだ。少しでも彼女への刑を遅らせ、少しでも、救うまでの時間を稼ぐ為に。

勿論、こんな浅知恵がいつまでも通じるとは思っていない。クローディアの言う通り、ユランを本気で疑っている者など居ないのだ。だからこれは、結局ただの嫌がらせ。ヴィオレットを悪だなど宣《のたま》う阿呆《あほう》共の為に、開いてやる口はないのだと。


「嘆願や、弁護の話も聞いている。メアリージュンも、ユランの考えに概《おおむ》ね賛成だ……だが」

「ユラン君、私もお姉様を助けたい。だから気持ちは凄く凄く、分かるわ。大切な人の為なら何でもしたいって思うもの……でもね、だからこそ、罪から目を背けるべきではないと思うの」

「お前がヴィオレットを慕っていた事は重々承知の上で、言わせて貰う。彼女は……罪人だ」

「きちんと向き合って、罪を償《つぐな》って欲しい。それが本当の、お姉様の為になる事なんじゃないかな……？」


忌々しくて、汚らわしくて、この世で一番、何よりも嫌いな物が目の前にある。その口が、言葉が、目が思考が、自分を『心配している』事実に吐きそうだ。高みに居るから全てが見通せるなんて勘違いが、可哀想だと言わんばかりの優しさが、害虫の様にユランの身体を這《は》い回る。

（あぁ――汚い）

バキバキバキ、土足で踏《ふ》み躙《にじ》られた心が、音を立てて割れていく。怒りも憎しみも、恨み辛みさえパンクして散り散りになった脳内は驚く程に冷静で。何処までも静かで、波風一つ立たない精神の中、混じりけの無い厭悪《えんお》がじわりじわりと止《とど》まる事無く溢れ続ける。壊れた蛇口はハンドルがなくなっていて、もう閉まる事はない。

綺麗な物語の中で、綺麗な人生を歩む人達。弾《はじ》き出された者の存在なんて初めから知りもせず、自分の幸せが、誰かを踏み付けにして滲み出した血で作られているとは考えもしない。

第一子、正妻の子、それだけで王子のままでいられた男。

真の恋から生まれたというだけで、愛だけを与えられて育った女。

その地位が、愛が、誰の上に成り立っていたのか。誰を置き去りにして、得られたものなのか。前しか見ない事が美しく健全だというのなら、彼らの後ろで叩きのめされた命が、彼らの背から襲い掛かる事だって健全なはずだ。この怒りの、嫌悪の、憎悪の、何処に咎があるというのか。

――どんな理由があっても、罪は許されず、罰を受けるべきである。

その『どんな理由』を、考えた事なんてないくせに。綺麗な言葉を使える自分に酔って、奥まで深く、考えた事なんてないくせに。結局はただ、罪を犯した人間を許せる自分に、それでも罰を要求出来る己に、浸っているだけのくせに。

薄っぺらな理想論、こちらを気遣い、尚諭す目線。どれもこれもがユランにはゴミにしか見えない。余裕を持てる場所で、身動きすら取れない人間を袋叩きにしているだけだと、欠片も気付かない頭がおめでた過ぎて。

いっそここで、その首を圧《へ》し折ってしまえたら、どんなに。

「二度と、口を開くな」

「ッ……」

風に揺られた木々の様に、ゆったりとした動きで傾げた首と流れた前髪の隙間から、ぎょろりとした金色がクローディア達を縫い付ける。声に感情はなく、抑揚も平坦で荒げる訳でもない。機械に初めから登録された音声の様に、温度の通わぬ無機物のそれ。

しかしその目は、クローディアとメアリージュンを射抜く視線は、凍《い》て付きそうな冷ややかさと焼け焦げそうな熱を同時に内包している。今にもこの喉元に噛み付いて、食い千切ってきそうな殺気——殺意と言ってもいいだろう。神聖視される黄金色が、今は窯の中で煮《に》え滾《たぎ》る金属の様な粘度を持って。

言外に、殺すぞと伝えてくる。一言、一文字を発しようと息を吸った、その時点で。誰の手も届かぬ内に、二人の命を捥《も》ぎ取るだろう。

驚愕《きょうがく》か恐怖か、はたまたその両方か。蛇に睨まれた蛙《かえる》となった二人の隣を、感情の全てを削ぎ落として無になったユランが通り過ぎる。その頭の中には既にクローディア達の影も形もなく、投げられた言葉はゴミとなって消えた。どれもこれも、ユランが生きる上で不必要なものだから。

思い描くのは、頑張って頑張って、自分は幸せになれるのだと言い聞かせて踊る、愛する人。

視線を引く為に、大袈裟《おおげさ》に表情を変えて、わざとらしい高い声で話して。それでもたまに、ごく稀《まれ》に、甘く優しく微笑むヴィオレット。

(会いたい、なぁ)

一目で良いから、数秒で、構わないから。

ただ、その姿を見たいと思った。

107．色は黒

子供に出来る事の少なさを、これ程嘆いた事はない。

どれだけ知識を蓄えても、年齢が足りないだけで誰も信用してはくれない。人生経験がイコール年齢だと思っている者の多さに、何度も辟易とさせられた。若いから、幼いから、苦労なんてした事がないだろうと。無垢《むく》で純粋な子供を夢見るのは勝手だが、年齢は生きた年月であって経験値では無いのに。

昔から、何一つ変わっていない体制。子供を神からの贈り物の様に尊ぶくせに、子供の言葉は何処までも軽んじられる。

それが、後数年で大人になる子供であったら余計に。物を考える頭がある事を、認めたがらない。


「また、駄目だったか」

返された嘆願用紙を細切れになるまで破り捨てて、積み重なったそれらで溢れかえった屑籠《くずかご》を見る。

これで何度目だったか。受け取るだけ受け取って、そのまま放置されているだろう物も含めると、両手両足の指ではとっくに足りなくなっている事だろう。突き返される度に別の方法を模索はするが、結局子供の自分に出来るのはこの程度の事で。多少のコネや人脈は持っていたはずなのに、この一件に関しては誰一人としてユランの側に立ってくれる者はいなかった。


（次の用意をしなければ）


散らばった紙は見て見ぬふりをして、新しい嘆願書の準備に取り掛かる。それが功を奏す事がないなんて、心の隅では分かっているけれど。

それでも今立ち止まったら、自分はあっという間に動けなくなってしまう。現実に押し潰されて、国の陰に捨てられた家無き子と同じ、声も届かずに見捨てられる。それは自分だけでなく、牢獄に捕らわれた彼女も同じ。ユランの声がなくなれば、国はヴィオレットの判決をすぐにでも取り決めてしまう。マリンが毎日、ユランと同じ様に叫び続けている事なんて歯牙にも掛けず、元メイドの言葉なんて地面を這いずる蟻《あり》と同様とでもいう様に。

無数の紙屑が散らばる部屋の中、窓からの明かりだけで机に向かうユランの背は、取《と》り憑《つ》かれた狂信者のそれだ。以前は部屋を掃除しに来ていた使用人も、両親ですら、この部屋には近付かなくなった。何を言っても、時に怒鳴る勢いで諭しても、ユランが耳を貸す事はなくて、血走った目で紙に向かうユランに、誰もが不気味な恐怖しか感じなくなっていたから。

一人、暗く汚い部屋で、ただヴィオレットを想い筆を走らせる。

彼女は今、ここよりもずっとずっと暗く穢《けが》れた場所にいるのだと思うと、怒りで脳を煮られている気になった。あの人に似合うのは、清廉な空気の中で飲む甘い紅茶とお菓子、肌触りが良くシンプルなドレス、柔らかな光の下で風の心地良さに微笑む時間。

太陽も届かない鉄格子の中、生きるのに必要最低限の栄養だけを与えられ、自由もなく拘束される——

「ッ……！」

鉤爪《かぎつめ》となった手が、インクに濡れた紙を抉《えぐ》る。破れはしなかったが、皺《しわ》だらけのそれはもう使い物にならないだろう。

想像の不快感だけで、耐えられなかった。吐きそうになる口元を、乾く前の文字から移ったインクで黒く染まった手で覆う。

(気持ち悪い気持ち悪い——きもち、わるい)

彼女をそんな所に押し込んだ奴らが、世界が、気持ち悪い。それを罪を償うなんて言葉で正当化したつもりになっている女も、それを優しさだと思っている周りも、死体に群がる蛆《うじ》よりもずっとずっと気持ちが悪い。

何より、そんな場所から彼女を出してあげられない自分が、気持ち悪くて仕方がない。

噛み締めた唇から流れた血は、黒く澱《よど》んだ色をしていた。

108. 絶望に声はない

人が神を信じるのは、どんな時だろうか。

偶像崇拝の為に、人の彫った像に祈りを捧げるのは。星が流れるだけで、願いが叶うと思うのは。

膝を突き、十字を切り、頭《こうべ》を垂れる。それだけで、何かが変わると望むのは。

※※※

ジュラリアには、教会が数多く存在している。建国当初からある大聖堂に始まり、孤児院を併設している物から民家と違わぬこぢんまりした物まで。マリンが育ったのも、そんな教会の一つだ。

熱心な信徒が多い訳ではないけれど、誰もが当然の如《ごと》くに神を信じ、十字を切れば祈りだと思う様な国だった。子供へのお説教に『神様が見ている』と、平然な顔で宣えるくらい、自然な形で生活に宗教が紛れている。優しい神様が、天の上で微笑んでいるのだと、疑わない。

輝くステンドグラス、慈愛の表情でこちらを見下ろす聖母像、ブロンズの蝋燭台《ろうそくだい》。神を讃《たた》える為に美しく整えられたそこは、大聖堂に程近いせいか、人気の無い場所だった。木々に囲まれており、日陰の印象がこびり付いた立地も影響したのだろう。誰もが想像する、愛が降り注ぐ神の膝の上には決して見えない、懺悔《ざんげ》の名残《なごり》ばかりが強く感じられる空間。

うっすらと積もる埃《ほこり》が参拝者の数を物語っている。神父もシスターも数が少ないのか、ユランはここに通うようになってから、一度も自分以外の人を見た事がなかった。もしかしたら意図を持ってユランを一人にしていたのかもしれないけれど。

ここに来るのは、もう何度目になるのだろうか。ずっと昔からな気もするし、つい最近の様な気だってする。実際には、まだ両手の指も埋まらない程度の常連だ。

(かみさま)

仰ぎ見たステンドグラスは、こんな陰鬱な自分が見ても美しい。光を受け、輝き、そう思われる為に作られた飾り。散りばめられた色とりどりの硝子《ガラス》から射《さ》し込む太陽光に照らされた、愛情と善性の化身が嫋《たお》やかに笑っている。まるで、世界中が平和とでも言わんばかりの、幸福を連想させる大らかさで。

来る度に、後悔する。帰る時には、もう来るまいと思う。それでも、訪れずにはいられない。

手を組んで、聖母の前に跪《ひざまず》く。髪のカーテンで隠れた顔の、固く閉じた目の、ずっとずっと奥にある心で、何度も何度も唱えた。

（かみさま……お前が、本当に神様なら）

誰もが救いを求める、偉大なる全知全能の存在なら。博愛を善とし、人々を導く指針なら。冒涜《ぼうとく》が許されぬ、尊ぶべき教祖なら。

（俺の世界を、俺の神様を、救ってみせろ）

白くなった爪が、甲に食い込むまで握った両手は、完治していない爪痕だらけ。噛み締める唇も、虚ろな目も、栄養を剝奪された渇きと飢えで何処もかしこもぼろぼろだ。

祈りなんて、願いなんて、不確かな行為を信じた事はない。善行が天に届いて幸せが降ってくるなんて、夢見た事もない。

それでも、もう自分には、これ以外に出来る事がない。

如何にユランの想いが重く大きくとも、相手が国であれば勝算があると思える方がどうかしている。実際、ユランも勝算があって行動している訳ではなかった。そんな事を、考えられる冷静さなんて、残ってはいなかった。

ただ救いたいから、出来る全てに手を出しただけだ。一使用人だからと捨て置かれるマリンよりも、貴族の息子《むすこ》で王族の血を引く自分の言葉なら、少なくとも耳だけは貸すだろうから。結果は、耳だけを貸されても煩わしさ以上の成果にはならないと知った。

（嘆願も、弁護も、裁判の妨害も意味はなかった）

ゆっくりと首が絞められていく。徐々に徐々に、しかし確実に、この国はユランを殺しに掛かる。ヴィオレットを庇う行為を止めない限り、その行為の愚かさを知らしめる様に、命に掛かった手は握られて行く。処刑台の外で、ユランが国に絞殺《こうさつ》されるその日まで。

命も人生も、全部あの人の為にあると思った。この人の為に生きて、この人の為に死ぬ。ヴィオレットが笑う姿を遠くから眺めていられれば、それだけで生まれた意味があったのだと。だから、救いたかった。助けたかった。何をしても、どんな手を使ってでも——死んでも幸せにしたい人だから。その為に生まれた命だから、その為に、生きて来たのだから。

それが、この体たらく。

真っ直ぐに伸びていた背が震えて、丸まっていく。聖母の前で蹲《うずくま》って、信じてもいない神に縋って。優しくて優秀な好青年の仮面は剝がれ、惨めに額を床に擦り付ける。なんて滑稽、なんて、無様。結局自分は何一つ、欠片も成し遂げられずにいる。

嘲笑《わら》えばいい。いくらでも、石を投げて蔑めばいい。他ならぬユラン自身が、己の無力さを自嘲している。
嗤笑《わら》っていいから、馬鹿《ばか》にしたって、殴って蹴って唾を吐いたって。
誰でも良い、神様だって、悪魔だって、何だって構わないから。

(————だれか)

誰か、だれか、彼女を救ってくれ。

「ユラン様……ッ!!」

前触れなく扉が開いて、切らした息で弾んだ声がユランを呼ぶ。弾かれた様に顔を上げて、慌てて振り向くと、扉に身体を預けて何とか立っている女性と目が合った。
ここにユランがいる事を知っているのは、ただ一人だけ。何の情もない知人でも、育ててくれた両親でも、忌々しい血縁でもなく。ヴィオレットを介した面識しかないけれど、彼女を通してだからこそ、信じられる相手。ヴィオレットの隣にいた頃よりも随分痩せて、ボロボロに煤《すす》けた姿は今のユランとよく似ている。
ユニセックスというよりも、ただ単に性差を排除しただけの服にデザイン性は無く、子供の落書きで描かれる様な真っ黒い上下。メイド服でも、ヴィオレットが選んだ私服でもないマリンに、冷静で凛々《りり》しかった頃の面影はない。

太陽と言われた黄金と、夕日を連想された赤がぶつかる。

「ッ……、」

どうしたのかと、ユランが問うよりも先に、マリンの表情が歪んで。真っ赤《まか》な目から涙が転げ落ちるよりも早く、枝切れの様になった身体が膝から崩れ落ちた。言葉もなく、音も届かず、ただただ俯き動かない。慟哭《どうこく》、悲鳴、咆哮《ほうこう》、何一つ無い静寂の神聖さが守られた神の膝元で。

ユランは、自分達の世界を変えてくれたヴィオレットの。

誰よりも大切な彼女の世界を、変えられなかったのだと悟った。

109．崩壊の先

出来ないなんて、ただの言い訳だと思っていた。出来ないではなく、やらないの間違いだろうって。やり方さえ分かっていれば、それに邁進《まいしん》するのは当然で、結果が伴わないのは諦めたからだって。

そんな事を言える方がずっと、同じ場所にしがみ付いて進もうとしていないというのに。一歩を踏み出す事、それを続ける事の意味も。進んだ先に必ずしも『成果』が待っているとは限らない事すら、知らなかったのだと。

※※※

マリンに告げられた、ヴィオレットの堕《お》ちる先。

本来なら極刑であるはずの所を、永遠の投獄に減刑されたのだと——異母妹の恩情によって。

誰もがその心に感銘し、愛らしく優しいメアリージュンを称えた。聖女の様に持《も》て囃《はや》されて、この国の未来はその加護により安寧だと。王子の婚約者としても、その価値を何処までも高めている。誰も彼も、ヴィオレットの存在もその人生も、忘れたふりをして。

『ころしてやりたい』

真っ赤な瞳で、真っ赤に染まった目で、ひとしきり泣きじゃくったマリンが溢《こぼ》した言葉、本音。まるでもう一人の自分を見ているかの様に、その内心も全部全部理解出来た。

彼女を悪とした者も、彼女を罰した者も、彼女を忘れた者も、全部全部ころしてやりたい。幸せになるなんて許せない。彼女と同じ、いやそれ以上の地獄を、不幸を、与えてやりたい。どれだけ望んでも足りないくらいの、絶望を。

あの事件の後、マリンもユランと同様に、ヴィオレットの共犯者ではないかとを疑われていた。形式的な物だったユランよりも、ずっと厳しい取り調べを受けていただろう事も知っている。それでも尚ヴィオレットを庇い慕う彼女に、世間の目が段々厳しくなっていった事も。ヴィオレットが自分一人でやったのだと、計画性のない短絡的な犯行だったと認めた事で、誰もが掌を返した様にマリンから手を引いたけれど。

当然の様にヴァーハン家から追い出されたマリンは、ユランと共に彼女の解放を求めて動いてきた。

彼女の罪の根源を、意味を、誰も考えずに葬ろうとするなら。その結果起こった罪だって不問にされるべきだ。法律に則《のっと》って、正しい権利と権限でもって叫んできた。そのどれもが、誰の耳にも届かず終わったけれど。


ヴィオレットの刑が確定してから、どれくらい経ったのか分からない。奔走した分の疲労と寝不足と、神を失った抜け殻にはもう理性も思考も残ってはいなかった。

何度も何度も要望して、時には嘆願して、それでも結果は変わる事なく横たわる。


もう二度と、会う事が出来ない。

もう二度と、声を聴く事が出来ない。

話し掛けて貰えない、名前を呼んで貰えない。

もう、笑った姿を見る事も、出来ない。


この手はもう、永遠に彼女には届かない。


大袈裟ではなく、自分はヴィオレットを失ったら死ぬのだと思っていた。ユランの人生から彼女の存在がなくなる、それは世界の崩壊で、その瞬間、何の前触れもなく心臓は機能を停止するのだと。何の根拠もなく、理屈もなく、ただ当然そうなるべきなのだと。

なのにどうして、今も自分は生きているのか。この心臓は、脈打ち鼓動しているのか。

——この時、何故あの場所を選択したのか、今になってもよく分からない。思い入れがあった訳でも、信仰に目覚めた訳でも、全てを捨てて仕えるつもりも無くて。

理由を問われても、答えはない。ただこの怒りを、この恨みと憎しみを、ぶつけたかっただけ。

そしてぶつけるなら、出来るだけ広く大きい対象がいいと、思っただけ。


気が付いた時には、大聖堂の祭壇の前に立っていた。


大きなステンドグラスに描かれた聖母、その脇を固める天使の銅像、磨き上げられた燭台の上で揺れる炎までもが輝いて見える。この中であれば、空気さえも神聖な何かの様で。外よりもいくらか温度が低く感じるのは、厳かな雰囲気に中《あ》てられたせいだろうか。

仰ぎ見るその全てが、幸福の象徴だ。博愛と慈愛、正義と秩序の名の元にいる事が正しいと言わんばかりの、幸せだ。隣人を愛せと言ったのは、この中の天使だっただろうか、それとも微笑む聖女だったか。

誰も見た事の無い、誰も耳にした事の無い偉大な誰かの素晴らしい価値観。その大らかさが神と呼ばれる所以《ゆえん》で、神への冒涜が重罪で、世界に対する否定だと言うのなら。

俺の神を冒涜したお前達は、罪と罰で絶えるべきではないのか。

「ッ――‼‼」

視界に入った燭台を摑《つか》み、勢いだけで振りかぶる。何処にそんな力があったのか、きっと普段《ふだん》なら万全の体調でも両手を要した重量を、引っ摑んだ片手で叩き付ける様に目の前の硝子へと投げ付けた。肩の骨と神経が悲鳴を上げた気がしたけれど、そんな事どうでも良くて。ユランの苛立ちを乗せた金属は緩やかな放物線を描いて聖母の胸に飛び込む。

抱え切れない衝撃と重みに、破片となった硝子がけたたましい音と共に舞った。何かが割れる音というのは、劈《つんざ》く悲鳴によく似ている。悲惨で悲痛で、切り裂かれる鋭さがあって。国を見守ってきた聖母を殺すには充分な凶器だ。

死ねばいいのだ、ヴィオレットを救わない者なんて。潰えればいいのだ、彼女に寄り添わない信仰なんて。

壊れればいいのだ、ヴィオレットを、ユランの望まない世界なんて、全部。

「何をなさっているのですか！」

音に気付いた誰かが様子を見に来たらしい。驚愕の声と何人もの足音が聞こえて、二つ目の燭台を摑んでいた手は封じられ、暴れる間もなく取り押さえられていた。捻《ひね》り上げられた手首も、押さえられているだけの背中も動かせず、頰を床に押し付けているだけで声も出せない。

揺さぶられた視界が、今も定まらない理由は分かっている。最後に眠ったのは、最後に食事をしたのはいつだったか。もう思い出せないくらい遠い記憶。そんな状態で無理をすれば、気持ちだけでなく身体《からだ》も限界を迎えて当然だ。この状態でよく、重い燭台をあの高さまで放れたものだ。

（なんで）

煮え滾った感情とは裏腹に、急激に冷めていく脳が恨めしい。本能しか残っていない獣のくせに……本能しか、残っていないからこそ、思ってしまう。抱いてしまう。途方もない憎悪と同じだけの、後悔。

（何で、俺は）

自分の恋が叶わない事なんて、大した問題ではなかった。ただ、ヴィオレットの想いが成就するなら、それに勝るものなんてなかったから。その相手が誰であっても、たとえこの世で一番相容《あいい》れない相手であっても、構わないと。それで彼女が笑うなら、その先にいるのが自分でなくたっていいのだと。

物分かりのいい弟でいる事を選んで、彼女の未来を、信じてもいない男に託した結果が、この様か。

首を丸めて、額を擦り付けた硬質な床が僅かな体温までも奪っていく。鼻の奥がツンとして、奥歯を噛み締めてみたけれど、望んだ効果は得られなかった。眼球の奥から行き場を失った感情達が栓を失って流れ出す。

「ぁ、……」

粒が連なって滝になった水分が、頰から目尻から、顔を伝って髪まで濡らして、最後は床にいくつものシミを作る。喉の奥が絞られたみたいに収縮して、乾いた口の中は血の味が充満していた。

(何を、してるんだ、俺は)

ぐるぐるぐる、攪拌《かくはん》された記憶達が後悔によって選別される。思い出すのはいくつもの地点、いくつもあった、転換期。

始まりの場所。ヴィオレットが少しずつ、己を失っていった日。彼女の心を壊した、最後であり最大の一撃。

(……もしも)

もし、あの日に戻れたら、あの日々に戻れたなら。

あり得ない想像、夢にもならない願望、子供の妄想以下の想像。どんなに願っても過去は変えられず、未来はその不変の積み重ね。この結果も、歪《いびつ》なまま育った一人の人生なのだろう。
だとすれば、自分もきっと似た様な最期となる。神を失い、心を失い、愛も信仰も取り上げられた己に残るのは、意思とは無関係に動く心臓だけ。それでもいつかは、身体の持ち主に従って息の根が止まる。

（もう、どうでもいい）

死ぬのも、死ねないのも、どうでもいい。ユランの世界は滅んだ。それが全てで、それ以外はもう、考える事すら億劫《おっくう》だ。
ただ、思い描いてしまうのは。最後の最後、出涸《でが》らしになっても捨てられない、感情は。

（もしも、全部、やり直せたら）

微睡《まどろ》む様に霞《かすみ》がかっていく視界で、粉々に砕けた聖母を仰ぎ見る。割れた切っ先が光に反射して、後光に身を委ねていた時よりもずっと輝いて見えた。涙でドロドロな顔のまま、溶けそうに潤んだ金色だけが、鈍くなった刃物の色で依《よ》り代《しろ》だった物を睨み付ける。
限界を超えても尚、無理矢理《むりやり》に動かしていた身体が悲鳴も上げられずに落ちるまで、ただひたすらに思っていた。

もし、あの日に戻れたら、あの日々に戻れたなら。

今度はもう、誰にも譲ったりしない。クローディアにも、他の誰かにも——神様にだって、譲らない。

ヴィオレットの幸せを、誰かに委ねたりしない。信じてもいない人間に、大切な宝を明け渡したりしない。

他の誰でもない、自分自身の手で、彼女を幸せにして見せるのに。

110. エゴイズムを許して

目を開けて、真っ先に飛び込んできたのは自分の膝。視界一杯の闇と暗い室内が交わって、一瞬境界線が分からなくなった。部屋の中は真っ暗で、明かりの気配すらない。考え事に夢中になっている内に眠ってしまったらしい。

「またか……」

何度も何度も、これ以外を見る事の方が少ないくらい、何度も。
あの日々の、過去の、夢を見る。

「あー……首いってぇ」

可笑しな寝方をしたせいか、首から肩にかけての筋肉が硬く凝り固まっていた。首に手を当てて左右に伸ばすと少しだけ楽になった気がした。気がしただけで、実際に肩凝りが解消された訳ではないけれど。

恐らく時間は深夜、自室だけでなく外も、窓から見える他の部屋も暗くて。家全体の空気が静まり返っている。両親だけでなく、使用人達もほとんどが眠っているのだろう。何とも微妙な時間に目が覚めてしまったものだ。今更徹夜や空腹で苛《さいな》まれたりはしないが、何となくあの時と同じに思えるのは、今見た悪夢が原因だろうか。

悪夢……正しく、悪い夢の様な出来事だった。夢であってくれればどれほど良かったか。でも残念ながら、ユランが見たのは幻想ではなく記憶の一片。かつて起こり、消えた、忘れられない過去の話。

(随分と、昔の事みたいだ)

実際は、まだ一年も経っていない。時が巻き戻る――そんな夢の中の夢みたいな事が、ユランの身に起こってから。

大聖堂の聖母を砕いて、全てを諦めたあの時。死んでも殺されてもどちらでも良くて、ただあの世界では、生きて行ける訳がなかった。たとえ国民全員を犠牲にしてでも助けたかった人を失って、あのままいたら、ユランの末路は衰弱か極刑のどちらかで死亡だっただろう。どちらであっても、興味はないけれど。

目を開けたら見知った天井《てんじょう》で、日付は一年も前のそれで、今度こそ自分は本当に修繕出来ないほど壊れてしまったのかと思った。きっといつものユランなら、猜疑心《さいぎしん》で慎重に行動していたのだろう。これは夢なのか、それともあの地獄が全部悪夢だったのか。若しくは、新しい地獄が始まったのか。現実に希望を抱く事も、夢に願望を託す事も無くなった自分にとって、時が巻き戻るなんて事は『あり得ない』のだから。

——あり得なくても、良いと思った。

夢でも幻でも、それこそ新しい地獄でも。ここが何処で、自分は何で、この身に何が起こったのか、そんな事、気にならなかった。ただ会いたくて会いたくて、それだけで突っ走ったユランを、あの人は困った笑顔で迎えてくれた。

——ユラン、声が大きいわ。皆がビックリしてしまうでしょう?

この声が聞きたかった、この姿を見たかった。光の下、血の通ったヴィオレットが目の前にいる。手を伸ばせば届く。名前を呼べば応えてくれて、ユランの名を呼んでくれて。
泣きたくなる程に幸せだった。ここが地獄でも、このまま死んでも良いと思うくらいに、頭の天《てっ》辺《ぺん》から爪先まで染み渡る幸福感。他の全て、この幸せには敵わない。他の全部、どうでもいい。この幸せを奪う奴らなんて、全部全部、いらない。

頭の中で、何かがはまる音がした。粉々に散らばった欠片達が形を取り戻し、失ったピースが新しい何かで埋まった、音。

そこからの行動は、我ながら早かったと思う。思い返してみると粗《あら》や、後知恵に苛まれる事もあるが、概ね想定通りに事が進んでいる。慎重さを優先しなければならない事で、ヴィオレットに我慢を強いている現状には不満しかないけれど、それでもこのまま順調にいけば、ユランが望む未来を手にする事が出来る。慢心も油断も命取りである為、念には念を入れ最悪の想定も織り込んではいるけれど。

(こちらについては、結局分からずじまいだったな)

本棚の前に積まれた、近い内に捨てる予定の書籍に目を向ける。ヴィオレットの事についてとは別でもう一つ、自分の身に起こった現象についても出来る限り調べていた。元の時間に戻る気も、失敗した時にまた巻き戻る気もない。理由にも理屈にも興味はない。神の奇跡でも悪魔との契約でも、どちらだって構わない。

ただこの『今』が、夢でない証拠があれば良いと思っただけ。その為には、身に起こった事の原理を、知っておくべきだと思っただけ。

結果的に、証拠も原理も分からないまま、調べる先が尽きてしまったけれど。


（もうすぐだ……もうすぐ、全てが決まる）


目の慣れた暗がりで、ゆっくりと両袖机に近付く。悪夢の中では紙とインクが散乱していた机の上は、綺麗に整頓されて埃どころか染み一つ見当たらない。

焦げ茶色の天板の真ん中に、ポツンと浮かぶ白が、闇の中では淡く発光している様に見えた。家紋の入った赤い封蝋で鍵を掛けた手紙は、今までとこれから、ユランの集大成でありエンディングへの決定打。これが決まらなければ、取れる手のほとんどが尽きてしまう様な、大一番。

同時に、これが決まればもう、ヴィオレットの結末は変わらない。ユランによって、彼女の未来は決定される。


「ヴィオちゃん……」


後少し、後、少しだから。今度は、絶対、間違ったりしないから。

俺の人生をかけて、幸せにして見せるから。

君の人生を縛り付けるこのエゴを、どうか、許して欲しい。

111．恋心は空模様に似ているらしい

クローディアとの確執、ユランとの不協和音を解決出来たヴィオレットは、清々《すがすが》しい気持ちだった。久しく感じていなかった……いや、もしかしたら初めてかもしれない。肩から重荷を下ろした様な解放感、身体が軽く感じるなんて、今までに無かった事だから。生まれた時から色んな負荷を背負っていたせいか、感覚が可笑《おか》しくなっている気もする。

きっと、ほんの僅かな事。大した事のない、取るに足らない出来事。

でもヴィオレットにとっては、とてもとても大切な、大きな出来事。

「おかえりなさいませ」

「ただいま、遅くなってしまったかしら」

いつもより少しだけ遅い帰宅に、出迎えてくれたマリンの表情を窺った。いつもそれなりに遅い

時間ではあるが、だからこそ、いつもより遅いとなると心配を掛けてしまう。夕飯の時間には間に合わせているので他の者に迷惑を掛けてはいないはずだけれど、予定変更の連絡が伝わってなくても怒られるという理不尽が、ヴィオレットにだけは罷《まか》り通る家だから。

「大丈夫ですよ、すぐに準備なさいますか？」

「そうね……夕食までそう時間はないでしょう？」

「お仕度の時間は充分にありますが、ゆっくりお休みにはなれないかと」

「ではそうしましょう。一度腰を落ち着けてしまったら気が削がれてしまいそう」

「かしこまりました」

部屋に入ってすぐに着替えて、鏡の前で身なりを整える。風に揺られた髪を軽くブラッシングするだけの作業だが、それを怠って粗《あら》を探されては面倒だ。

ヴィオレットにとって、鏡を見るという作業は、正直あまり得意な事ではなかった。自分の容姿を確認するのが嫌いで、母が生きていた頃から根付いた苦手意識は、成長と共について回る様になった下世話な視線によって余計に悪化して。そもそも、自分の姿を好意的に受け取れない時点で、自己確認の行為は自傷とそう変わらない。

今でも、根底の意識が変わった訳ではない。ただ、以前に比べて鏡を見る頻度というか、容姿に対する意識に変化はあった。それが良いのか悪いのか、判断出来ないけれど。


「っ……」

髪に滑らせたブラシが、毛先で引っ掛かりを覚えた。僅かに頭皮を引っ張られる感覚がして、確認したらくしゃくしゃに絡まった髪が小さな毛玉を作っていた。元々の髪質のせいか、どれだけ気を付けても出来てしまう絡まりだ。幼い頃はサラサラとしたストレートだったけれど、成長と共に緩やかなウェーブを描く様になった。それが年月の影響なのか、髪を伸ばし始めたからなのかは分からないが、ロングヘアを止めるつもりは無いので同じ事だろう。


「随分と伸びたのね」

「伸ばし始めてから、メンテナンス以外では鋏《はさみ》を入れていませんからね」

「もう五年……六年は経っているのかしら」

「そうですね。私がお傍《そば》に居る様になってからの事ですし」

「懐かしいはずだわ」

昔は肩より長くなる事の無かった髪。同年代の女の子達が可愛らしく整えたヘアスタイルを披露する中、いつも切っただけの頭で社交界に繰り出していた事を思い出すと、恥ずかしいを通り越して呆《あき》れてしまう。当時は気にする余裕が無かったとはいえ、よく父はあんな子供を連れていたものだ。正しく、どうでもよかったのだろうけれど。ドレスが用意されていただけマシと思うべきか。

「毛先も痛んで来たわね……乾燥が酷い」

表面上は艶やかな光沢をしているけれど、触れれば分かる潤いの無さ。ギシギシとまではいかないけれど、何処かごわついた手触りが気になってしまう。マリンが気にかけてくれていても、ヴィオレット自身が気にしなければ、美しさを維持するのは難しい。所々パサついているし近くで見ると纏まっていない短い毛が跳ねている。

触ったり、鏡に近付かないと分からない程度ではあるので、擦れ違うだけの他人は気が付かないだろうけれど。

ふと、思い出す顔がある。この距離、いやもっと近い位置で、この髪に触れた人の事。

「っ、――！」

「ヴィオレット様？」

一瞬にして熱が上がり、いつもは青白くすらある血色の無さが嘘の様に、ヴィオレットの頬に色が灯《とも》る。

今まで気にした事の無い、抱いた事のない感情が沸き上がって、とてつもない羞恥心に襲われた。触れていた髪を人中にくっつけて、姿の無い何かから顔を隠したくて。心配そうなマリンの手が背中に触れたけれど、きっと彼女が思い描いているのとは全然違う理由なのだと思う。

（ユランは、絶対気付いたわよね）

今更、本当に今更過ぎる話だが、この髪をユランに見られていたという事実が肩に圧《の》し掛かる。苦しいとか悲しいとか、そういった負の感情ではないけれど、だからこそ混じりけの無い恥ずかしさが全身を沸騰させるみたいだった。

彼が容姿に拘《こだわ》る様な人間でない事は分かっているし、今まで見せて来たものを思えば髪の手入れなんて些事《さじ》過ぎて笑いにもならない。

それでも、恋心とは不思議な物で。弱い所も短所も全部見せて受け止めて欲しいのと同じくらい、少しの綻びも気になるし、完璧な自分だけを見て欲しいと思ってしまう。普段なら妥協出来る事も、気付く事すらない様な事も、恋のフィルターを挟むだけでとんでもない欠点に思えてしまう。この一つで幻滅されるんじゃないかなんて、思えてしまう。

「マリン、お願いがあるの」

「はい、何でしょう」

「……今日から、スペシャルケアをして欲しいの」

「…………」

自分の毛先に埋もれる様にして、いつもなら真っ直ぐにマリンを見て頼むはずの視線は、斜め下で固定されていた。髪の毛の隙間から見える頬が真っ赤になっているのは、マリンにもはっきりと見えたけれど、それを突っ込んだらヴィオレットは自分で何とかしようとしてしまうだろう。滅多《めった》にない主《あるじ》からの頼み事を無下にするマリンではない。

「勿論です。私が選《え》りすぐって集めたケアグッズが火を噴く時が来ましたね」

「そんな事してたの？」

「ヴィオレット様はあまり積極的ではないので控えておりましたけれど、我慢の必要はなくなったようですから」

「……お手柔らかにね」

「はい、必ずやお気に召していただけるはずですよ」

「そういう意味ではないのだけれど」

美しい主《あるじ》を磨き上げられるのは、マリンにとってとても嬉しい変化だ。自分自身を嫌っているヴィオレットは、その美しささえ疎ましく思っている節があったから。最低限の清潔さ以上を求める事もなく、労《いた》わる以上の事をするのは、逆にヴィオレットの負荷を増やしかねない。

だからマリンは今まで、ずっと我慢してきた。ヴィオレットの美しさが正当に評価されない事も、ヴィオレット自身が諦めてしまっている事も。こんなにも輝いているのに、その鋭さを恐れられる。ヴィオレットの本当の美は、こんなものではないのに。周囲が畏怖する姿は、まだまだ原石に過ぎないのに。

ヴィオレット自身が望むのであれば、もう何一つ我慢する必要はないという事だ。

「誰よりも、美しくして見せますよ」

「ありがとう、心強いわ」

この変化を嬉しく思う。それを齎《もたら》したのがマリン自身でないのは少しだけ、寂しいけれど。
その美しさを誰の為に欲しているのかは、今はまだ、知らないふりをした。

112．隣だけではいられない

手触りの良い髪を、風が見せ付ける様に靡《なび》かせていく。薄い灰色は、太陽の下で銀色を模している。輝く輪は天使のそれで、背中の羽を錯覚するくらいに、その姿は美しかった。元々、神がオーダーメイドで作り上げた様な美貌を保持してはいたので当然と言えば当然だけれど。本人が美しく見せたい相手が出来た、それだけでこうも変わるものなのか。

マリンの手で輝きを増したヴィオレットは、今までと同じ様で違う。変化という変化はないのに、ただ正しく、自分の中の原石を磨いただけ。カットして、一番美しい形になった訳ではなく、まだ表面を研磨しただけの姿でも、恋を知った人間は美しくなる。

（良い匂い……）

自分の髪を嗅いだヴィオレットは、昨日のマリンを思い出す。何処に隠し持っていたのかという

量のヘアオイル、スキンケア用品だけでなく、見た事のない入浴剤も沢山保有していた事に驚いた。その中から二人で選んだオイルは、華やかなジャスミンの香り。主張が強い訳ではないけれど、生花を纏っている様な鮮やかな香りがずっと続いている。

朝食の席でメアリージュンに褒められたが、同時に父から食事の場に香水を持ち込んだと訳の分からない説教もされて、折角華やいでいた気持ちに水を差されたけれど。そもそも香水は付けていない。

(指通りも今までと全然違うし、頬も乾燥が和らいだ気がする)

滑らかな絹糸の様に変化した髪の毛の感覚が気持ち良くて、さっきから触れる手が止まらない。何度も何度も指を通して、絡まらない事に感動した。頬も心無しか潤いが増した気がする。朝、鏡で見た顔はいつも通り血色に乏しくはあったけれど、不健康さを増大させて見せる隈《くま》やくすみは減少した様に感じた。

今までも特別手を抜いていたつもりはなかったが、気に掛けて手入れをするとこうも変わるのか。勿論たった一日では微々たる変化で、もしかしたら気のせいかもしれないけれど。その気持ちの変化が、大切なのかもしれない。

「ヴィオちゃん?」

「っ……」

「おはよう。珍しいね、一年の階にいるの」

こちらに気が付いてすぐ、小走りで近付いて来るユランに心臓が小さく跳ねる。ニコニコといつも通りの愛想の良さで立っているだけなのに緊張してしまうのは、ヴィオレットに蔓延《はびこ》るやましいという感情のせいだろう。

「何かあった？　誰かに用事なら俺も付き合うけど」

「ありがとう。でもそうじゃないの、特に用事があったとかではなくて」

ごにょごにょと歯切れ悪く、視線を揺らすヴィオレットに、あまり宜しくない想定がユランの脳内で展開される。家で何かあったのか、その想像だけで憎悪が降り積もるのを感じながら、言葉を待つその目には心配という可愛らしい感情だけしか見せない。

両手の指を落ち着きなく動かして、さっきから視線を斜め下に向けたままのヴィオレットは、いつもより血色のいい頬に、下がった眉尻がなんとも頼りなさ気な印象を与える。いつもの、凛とした佇まいの温度の無さは窺えない。

「……ユランに、会えないかなーって。思っただけなの」

「…………」

丸い目を更にまん丸くして、光沢が眼球の曲線を走る。金色の硝子に不安げなヴィオレットの表情が映った。

好きな人に会いたいなんて、初々《ういうい》しい通り越して幼いとさえ思える感情だ。小さな子供が玩具やお菓子を欲しいと思うのと同じ、そういう類の、純粋な欲求。ただ、大人への階段を上り始めているヴィオレット達が口にしたら、それは確かな欲望でもあって。

願う事、期待する事、自分ではどうにも出来ない何かを相手に押し付ける事。重い何かで、動き辛くしてしまわないかとか。大切な時間とか行動とかを、奪ってしまわないかとか。好意だけに胸を高鳴らせていられないのは、恋に纏《まつ》わる欲と下心を、どうしても受け入れられないから。

それでも足が向かうのは、自分を律する心が弱いから？　全部無視出来るくらい、想う力が強いから？

ヴィオレットにとっての恋の代名詞は、そのどちらでもあり、どちらでも間違った人だった。そして自分は、その素質をうんざりする程に受け継いだ人間で。

怖くなる。境界線を見誤ってはいないかと。許容されるラインを、迷惑の垣根を、踏み躙ってはいないかと。今、自分が抱いている欲と行動は、誰の邪魔にもなっていないものなのか。普通の、当たり前の範疇であるのか。

「――凄く、嬉しい」

甘くて、ふわふわしてて、綿あめみたいな声。いつもの明るく、穏やかに沁《し》み込んでくるそれよりもずっとずっと、胸に積もる。軽いのに重い、甘くて濃くて、きっと触れても、手の熱でも溶けたりしない。むしろ流し込まれたこちらの方が、どろどろに溶けてしまいそう。

「俺も、会いたいって思うよ。いつも、ずっと、思ってる」

頬っぺたを赤くして、ふにゃりと笑う。子供みたいな柔さを連想させるのに、その輪郭は精悍《せいかん》だ。小さい頃から知っていて、一緒に成長して。身長が近付いていていつの間にか見下ろされていた事も、自分よりも高かった声がかすれて、低く変化していった事も。全部全部、見ていたはずなのに。長い睫毛の隙間から見えた、蜂蜜色が香り立つ。甘くて重くて濃くて、とろりと零れ落ちる一滴の方が、綿あめよりもずっと、ずっと。

「でも、そろそろ戻らないとだよね。もっと早くに来ればよかったなぁ」

「そう、ね……鐘が鳴る前に戻らないと」

「ヴィオちゃん、今日お昼は？　誰かと約束しちゃってる？」

「ええ、友人と……放課後はいつも通りだけれど」

「じゃあ放課後、教室まで迎えに行くね」

人の減り始めた廊下で手を振って、見送ると言って聞かないユランに背を向けた。曲がり角、ユランの視線が追って来られない死角で立ち止まり、壁に肩がくっ付くまで端に寄る。端っこ、隅っこ、俯いてしまえば簡単に外界から遮断された気になれる、簡易的な一人の世界。

頬に手を当てると、しっとりと吸い付く肌はマリンのおかげで最高の手触りをしている。さっきまではそれが嬉しくて感動していたというのに、今はそれよりも、経験した事の無い熱に混乱するだけだった。泣きたい訳でもないのに、目の奥が熱くて、汗が出る訳でもないのに体温が上がった様に感じる。きっと今、自分は見事に真っ赤な林檎《りんご》頬っぺをしているだろう。

——ヴィオレットは、自分の本質を男性的だと思っていた。

それは容姿や言動、性格をそう判断しているというより、育った環境から勝手にそう判断していただけ。実際がどうかはともかく、母親がヴィオレットを『男』として扱ってきたのは事実だ。性別も、その自認も関係なく、ベルローズが生きていた頃のヴィオレットが『男の子』であった事も、自分という存在を認識するのに一番大切な時期を『男の子』として育てられていた事実も、今更覆りはしない。

マリンのおかげで女としての身体の仕組みは理解したし、否応《いやおう》なしに成長する身体のおかげで『女』であると自覚は出来たけれど、育った環境故に知識不足と認識齟齬《そご》は否めない。

刷り込まれた、男であるという認識。否定と強要で捻《ね》じ曲げられた性別は、何処か歪んだまま。

どうして自分は女なのかと、どうして、男になれないのかと。本来の自分と、母の望むヴィオレットの、何がそんなに違うのかと。

長い間、壊れる事無く存在し続けたその思いが、呆気《あっけ》無く砕けた音がした。

小さくて柔らかくて、骨格も筋肉も声帯も、似た様な物であったはずだった。見下ろしていたか弱い四肢の少年を、守らなければと思ったはずだった。頭を撫でるにも抱き締めるにも、この両腕で足りる存在だったのに。

骨張った手も、自分のよりも一回り以上太い関節も、低い声も強い力も。頭を撫でるには手が届かなくて、抱き締めるには背も腕も足りなくて、収まってしまうのはもう全部ヴィオレットの方。

ユランの性別は男性で、少年を超えれば男性になって、そんなのとっくに分かっていたはずなのに。

（……違う）

分かっていなかったのは、自分が女であった事。女として、ユランを好きだという事。

「ッ、～～!!」

思わず両手で顔を覆って、声にならない叫びを喉の奥で殺す。こんな所で叫んだら間違いなく精神状態を疑われてしまう。ユランにも多大な心配を掛けるのだって目に見えている。

ただそれでも、抑え切れない羞恥と理性が全身を巡って、今すぐ何処かに埋まってしまいたいくらいだった。

恋に気付いて、欲を知った。独占したい、傍に居たい、会いたいと思った。もっともっと、近付きたくなった。

（私、何を……ッ、こ、んな、変態みたいな事……！）

傍に居たい、近付きたい、触れたい――触って欲しいと、思うなんて。

１１３．二度目の世界で

「ヴィオ様、お口に合いませんでした？」

「へ？」

「あまり進んでいない様ですので」

「あ……ごめんなさい、考え事をしてて」

授業が終わって、昼食の時間。ロゼットと向かい合って座るテラスは、程好く日が当たり、温かく心地良い。

周囲の視線にはそろそろ慣れて来た。勿論周囲が、ではなく、自分達が、だけれど。未だにヴィオレットとロゼットの組み合わせは、擦れ違う人達から二度見されるくらいには意外らしいけれど、そこは普段から注目され易い二人、順応するのも早い。

二人の前には、少し前に頼んだランチが二人分。といってもヴィオレットはいつも通り、ランチ少なめデザート多めの仕様だが、どちらにしても、まだ出来立ての名残があるくらいにしか減っていない。小食気味ではあるし、食べるのも平均より遅い自覚もあるけれど、それを加味しても食が進んでいないと判断出来るくらいには、お皿の上が充実したままだった。

「何か悩み事でも……?」

「悩み、というか……知らなかった自分の一面に愕然《がくぜん》としたというか」

「……?」

クエスチョンマークが頭の上で踊っているロゼットには申し訳ないけれど、異性に触れて欲しいなどという、淑女にあるまじき感情を抱いたなんて、信頼の置ける友人であってもおいそれと口に出来るものではない。ましてやここは何処に耳があるか分からない学園内。万が一にも他人に漏れれば、容姿と相俟《あいま》ってあっという間に尾ひれ背びれが付いた噂が広まってしまう。

「心配を掛けてごめんなさい。でも大丈夫、少し戸惑っただけなの」

「それなら、良いのですが……私でお力になれる事なら、言ってくださいね」

「ありがとう」

気遣う視線に笑顔を返して、目の前の食事に集中する。元々食欲がなかった訳ではないから、燻っていた混乱を隅に追いやれば、簡単に手も口も動いた。フォークに巻き付けたパスタは、オレンジがかったトマトソースに彩られてこちらの食欲を誘ってくる。

「そういえば、ヴィオ様はもうご準備なさいましたか？」

「え？」

「そろそろ、期間に入りますでしょう」

「あぁ……そういえばそうね」

期間——年に六度のテスト期間。もうすぐその四度目が始まる。ユランのおかげで、一度目以降はクローディアからの協力を得られる様になった。なので一度目に比べれば父からの小言も僅かとはいえ減少し、雑音程度の認識で聞き流せる様になった。成長なのか諦めなのかはまた別の問題だが、律儀に傷付いてやる必要もないのだから。

(そっか……もう、そんなに経ったのね)

四度目のテストという事は、一年の三分の二が終わろうとしているという事で。始まった時は驚きと諦観だけしか無かった『経験したはずの一年』は、気が付くとヴィオレットの知るそれとは大きく変化していた。

正直、再びあの一年を歩まなければならないのかと、牢獄の方がマシだと思った事もあったけれど。

あの頃は知らなかった感情、選ばなかった選択。捨てた物も、いらなかったと気が付いた事もあったけれど、その何倍も大きな物を得て知った。

一度目の最後は、牢の中の後悔。

もうすぐ、二度目の一年が終わる。

「宜しければ、一緒にお勉強しませんか？　放課後、何処かのサロンを予約して」

「あら素敵《すてき》。でも、お喋《しゃべ》りに夢中になってしまいそう」

「……否定は出来ませんね」

「ふふっ、でも凄く楽しそうだわ」

この一年が終わった時、自分は何処にいて、何をしているのだろう。

漠然と、今のままの日々が続けばいいなんて、考えていた。

114．望むもの一つ

力は尽くした。結果も付いてきた。

全てが良い方に向かっていくと、信じていた。

※※※

「ユラーン、……何しとん？」

「テストまでのスケジュール調整」

「そんな難しいんか？」

「難しくはない。ただ過去問調達をどうするかによって、時間が掛かるから」

「姫さんに貰うんでないんか」

「俺のはな。そのヴィオちゃん用を誰に頼むかが問題なんだろ」

「あーね……今までみたく王子様に頼みゃいいじゃん」

「…………」

「さーせんしたぁ……」

削ぎ落されて無になった表情で、ハイライトの失われた目で見られて、ギアは思わず苦笑いで視線を逸らした。思いの他勢いよくユランの地雷を踏み抜いたらしい。空気を読む必要性を感じた事はないが、心に爆弾を飼っている男をわざわざ怒らせる趣味はない。

「……それは最終手段、だ」

ヴィオレットから聞いた通りなら、二人の間には何の蟠《わだかま》りもなくなった事になる。ならば、いちいちユランが間に挟まらなくともいいのだ。ヴィオレットが直接クローディアに頼む事も、クローディアが自ら世話を焼く可能性だって、充分に考えられる。

それでもこうして策を考える理由は、偏《ひとえ》に二人を二人でいさせたくないユランの我《わ》が儘《まま》。だからこそこうして知恵を捏《こ》ね繰《く》り回《まわ》し、別ルートの確保に勤《いそ》しんでいる。結果としては全敗しているので、ギアの目にはさっさと諦めた方がいい様に見えるけれど。きっとユランも、他の事であればもっと合理的な考え方が出来ているのだろう。それがこうして、無駄にしかならない足掻《あが》きを繰り返すのだから、この男のクローディアに対する嫌悪感には凄《すさ》まじいものがある。ある意味、ヴィオレットへのそれに匹敵する執着だ。

（でもまぁ、まだマシな方……か？）

その金色の目を見ていれば、二人の間にどんな確執があるのか、想像に容易い。ギアの事を『ユランの親友』と判断したお節介が、余計な情報を与えに来るのもあって、今ではその想像が正解であった事も知っている。かつてのギラギラした憎悪も、理解は出来なかったが納得はした。王子様を気の毒だと思ったし、ユランに対しては面倒な奴という印象がより深まった。

それが最近は、以前よりも憎悪が和らいで見える様になった。見える様になっただけで、実際は変わらぬ濃度を保ってはいるだろうけれど。

今のユランは、他の事に感情を割いているらしかった。

「…………」

今にも舌打ちをしそうな目付きで、脳内に描かれた何かを睨み付けている。その何かについて相談してくる男でもなければ、ギアもわざわざ問うてやる人間ではない。人からは親友に見えるらしい距離にいても、心が近いかと言われれば否だ。

ちらりとこちらに目線を寄越《よこ》したユランに、ギアは愛らしい顔で笑って見せた。

「なぁ、ユラン」

互いに干渉せず、過度な期待も信頼もせず、だからこそ己が見た分だけ信用し、理解している。あの日、直感が告げた最高の玩具《おもちゃ》。ギアが最も、死ぬほどに嫌うものを、打ち消してくれる友人。

「――退屈、させんでくれや」

それ以外はどうだっていい。好きな様に、上手く使えばいい。

誰が得をし、誰が傷付き、どんな結末になろうとも。ギアにとっては、どうでもいい事なのだから。

「……お前の希望なんぞ知るか」

「そらお前は聞かんだろうしなぁ」

ケタケタと心底楽しそうに笑う表情に、少しの陰もない事が腹立たしい。言っている事の歪み具合はユランとそう変わらないはずなのに、ギアには鬱屈とした所がまるで無くて。己が欲のまま生きる事への捉え方が、根本的に違うからだろう。

「で、こっからが本題なんやが、お客さん来とんぞ」

苛立たし気に顔を顰《しか》めるユランに、今更になって要件を伝える。要件を平気で後回しにするギアもどうかと思うが、この男に頼んだ人物も人選ミスな気がした。そもそも普通の生徒であれば、ギアに頼み事なんてしないだろう。この国におけるシーナの印象からして、生徒の多くが、ギアを受け入れはしても信用はしていない。

それをわざわざギアに頼んだという事は、余ほど特異な人物なのか、ユラン相手ならギアが適任だと思ったからか。後者であれば想像が出来て、尚且つ喜ばしい相手なのだけれど。それならギアはお客さんなんて言い方はしないだろう。

見当が付かず、依頼者がいる扉の方へと視線を向けた。ギアが依頼を達成するのを律儀に待っていたらしい影は、ユランと目が合うと嬉しそうに花を綻ばせる。

どうやら前者であったらしいその少女は、純白の髪を靡かせて、小さく手を振っていた。

115. ジレンマ

ユランの眉間に皺が寄って、すぐに引き伸ばされる。三秒で機嫌が最下層まで落ちたのに、外面は笑顔の仮面というバランス感覚は流石だと思う。

ギアにとっては面白いで済む話だが、ユランにとっては害虫と同レベルで嫌悪する対象の到来だ。反対にユランを訪ねて来たお客様――メアリージュンの方は、小花が散りそうな笑顔でのほほんとしている。それを可愛いと取るか鬱陶《うっとう》しいと取るかは人によるだろうが、多くは可愛いと思うのだろう。残念な事にユランは少数派であり、ギアにとっては感想を抱く対象ですらないのだが。

舌打ちしたくなるのをグッと堪えて、重い腰を上げたユランを、役目を終えた気でいるらしいギアが緩やかに手を振って見送る。ここで無理矢理巻き込んでやる事も考えたが、それはそれで更なるストレスの予感しかしない。

「何か、用かな？」

努めて冷静に、嫌悪が噴き出さない様に気を付けて。口元さえ作って見せれば、脳内が花弁で埋め尽くされている少女は、勝手にご機嫌だと錯覚してくれる。友好的と勘違いされて悪循環を生む事もあり得るけれど、メアリージュンの、ひいては彼女の父親の機嫌を損ねたくない。

時折思う。目の前の少女も、その父も母も、全部纏めて吹き飛ばせたらどれほど爽快だろうかと。

「突然ごめんね。実はユラン君にお願いがあって……」

ほんの少しの申し訳なさを微苦笑に乗せて、それでも自分の意見を伝える意思の強さが。目の前にいる男の脳内で、自分の四肢が散る想像がされているなんて、微塵も思い描けない所が、大嫌いだ。

特に返答はせず、ただ笑顔にカテゴライズされる表情を適当に選択しているだけ。それでも勝手に話を進める辺り、笑顔と頷きをイコールしているのがよく分かる。愛想笑いや社交辞令が通じないのは、素直である証《あかし》なのか、それとも愚か者の証明か。どちらでも、いいけれど。

「もうすぐテストでしょう？　ユラン君、いつも凄く成績良いし、よかったら一緒に勉強出来ないかな」

「は？」

思わず、何にも包まれていない声が出た。怪訝《けげん》な色合いを薄められなかった事には焦りを覚えたけれど、メアリージュンはそういった事にとことん鈍く出来ているらしい。ユランの声も表情も、ただの疑問として消化したらしかった。

「ここのテストのやり方は、もう分かってるわ。お姉様に頼もうとも思ったのだけど、ユラン君なら同学年だし、一緒に出来るかなって」

笑顔の天使が、逃げ場を奪っていく。メアリージュンの口からヴィオレットの名が出る、それがどれだけ恐ろしい事か。

彼女が言っている事……過去の問題用紙は既にユランの許に来る事が決まっている。メアリージュンが今更頼んだ所でそれが覆る事はないし、ヴィオレットは先に約束をしているユランを優先するだろう。分かっているからこそ、回避したいのだから。

（めんどくせぇ……）

最近になって目的達成の兆《きざ》しが見えて来て、いくつもの対策や切り札の目処《めど》も立った。ようやく寝不足が解消されるかと思っていたのに。

ヴィオレットの為に、その幸せの為に策を練り行動する事に苦を感じる事はない。睡眠時間がどれだけ溶けて消えようと、彼女にはそれだけの価値があるのだから。
ただ、それは相手がヴィオレットだからであって、他の者に適用される事はない。それがメアリージュンであれば尚の事、一分一秒とて消費したくない。今この時間ですら苦痛であるというのに、テストが終わるまで定期的にとなれば、懇切丁寧に拒絶申し上げたい所だ。
ただ、それをするにはあまりにも悪条件が揃い過ぎている。

「そうだね……考えておくよ」

頭上で暗雲を作っているユランとは裏腹に、メアリージュンは満足気に去って行った。言質《げんち》が取れた事で満足した、なんて考え方はしないだろうが、実際はそういう事だろう。
どちらに進んでも好転する事の無い選択肢というのは、往々にして存在する。その度に己が力の無さを嘆き、少しでも被害の少ない方で妥協し、屈辱に耐えるしかない。

（一応、ヴィオちゃんには言っておかないと）

もしメアリージュンが家で、あの父親の前で、余計な事を口走った時。何も知らないヴィオレットは、ユランを慮《おもんぱか》って傷付いてしまうかもしれない。以前の様にヴィオレットも含めての勉強会も手ではあるが、出来るならヴィオレットとメアリージュンを関わらせたくない。クローディア達に関しては、ユランの地獄度が増すだけなのであまり取りたい選択肢ではない。

痛む頭を押さえ、これから虫食われるスケジュールの再調整に思いを馳《は》せた。

116．意識無意識

放課後を待ち遠しく思った事は、何度かあった。その全てにユランが関わっていたと、気付いたのは今になってだけれど。

「ヴィオちゃん、お待たせ」

多くの生徒が下校して人気の少なくなった教室に、一際存在感のある長身が現れた。それなりに大きく作られているはずの扉が、自分が通る時よりも小さく感じる。今まで意識していなかった些細な事からも、体格の差を実感した。

鞄を持って近付くと、小花の散る穏やかさで微笑むユランと目が合った。

「何処かに出掛ける？　一応サロンの用意も出来てるけど」

「え……ごめんなさい、私ったら何も用意してなくて」

「俺が言い出した事なんだから、準備もするよ」

「でも発端は私なのに……ごめんなさい、ありがとう」

「こういう時はありがとうだけで良いのー」

「……ありがと」

「ん！　じゃあどうしよっか？　移動が面倒だったら、サロンにお茶とお菓子の用意もして貰ってるよ」

「折角用意して貰ったなら、いただかないと無駄になってしまうじゃない」

満足気に頷くユランには、ヴィオレットの返答が予想出来ていたのだと思う。街へ行きたいと言えばそうしてくれただろうけれど、ヴィオレットの行動範囲や選択なんて、確認せずとも理解出来るのがユランの誇れる特技なのだから。

わざわざサロンを用意したのは、二人でゆっくりしたいのと同時に、話したい事があったから。下手に誰かに聞かれて、いらぬ噂を立てられたくなかったから。

「リクエストは色々言っておいたんだけど、気に入って貰えると良いなぁ。俺が勝手にセレクトしちゃったし」

「私の好みはマリンとユランが誰よりも把握しているから、何も心配ないわ。それより私は、ユランが自分の分を用意しているかどうかの方が心配なのだけれど」

「それもちゃんと言ってあります」

ユランが予約を入れておいたサロンは、壁も天井も硝子張りで、一室というよりもテラスの様な部屋だった。景色もよく見えて日当たりも良いが、硝子枠の木材が暗い茶色なのでシックな雰囲気が漂っている。面した庭が花よりも木々で構成されている事もあって、実はそれ程人気のある部屋ではない。本来ならもっと彩り豊かな場所が好ましかったけれど、ヴィレットはそれよりも人気の少ない場を好む質《たち》だから。

「あ、テーブルのセッティングは終わってるね」

室内に広がる甘い香り。綺麗に整えられたテーブルの上にはティーセットと、ケーキドームに守られたお茶請けが並んでいる。来る時間まで計算に入れていたのか、ユランが伝えていたのかは分からないが、こううタイミングまで完璧に計算出来てる給仕達は、職人と呼ぶべきだろう。

「ヴィオちゃんはミルクの方が良いよね。まだ少し熱いかな」

「ありがとう。ユランのは、こっちのチョコレート？」

「うん、カカオの含有量が凄く高いんだって。前に一つ食べてみたけど、美味しかったよ」

流れる様な所作でヴィオレットをもてなすユランは、あまり貴族らしくないのかもしれない。お茶の準備なんて給仕を呼んでやらせるのが当たり前で、そもそもほとんどの生徒、教員も含め、美味しいお茶を淹れる事すら困難な芸当だろう。もっとも、ユランがこういった技術を身に付けたのも人間不信が原因なので、一概にどちらが良いとは言えないけれど。

ユラン本人はヴィオレットにしてあげられる事が増えて万々歳くらいに捉えているので、拾う神に恵まれたという事だろう。

「ただ俺がそう思うくらいだから、ヴィオちゃんには向かないかなぁ」

「…………」

ブラックコーヒーどころか、カフェオレでさえ若干の苦みを感じて顔を顰めてしまうくらいだ。いつも食べている物よりも何処となく黒が強いその塊は、恐らく相当に苦手な部類となるだろう。それでも、やはりチョコレートは甘いという先入観を持っているのが甘党の性《さが》であり、いつもは自分が食べているのをただ笑って見ているだけのユランがそこまで言うそれに、興味がないと言えば嘘になって……つい、一番小さい欠片に指が伸びた。

「ッ――!?」

「え、ヴィオちゃんッ!?」

「な、に……これ、……にッ、がぁ」

昔、間違えて食べたビターチョコよりもずっと苦くて、飲み込めずに口内で溶けたそれが喉へと流れ込んでくる。舌が触れる度、背筋に冷たい汗が伝う様な、嫌な感覚。理解した上で自ら手を伸ばしたのだから自業自得だけれど、自分は一生甘党のままだろうなと、場違いな事を考えてしまうくらいには衝撃的な味だった。

「だ、大丈夫？　それ普通のビターよりも更に苦いらしくて、えっと、これ飲んで。こっちはヴィオちゃん用だから、口直ししよう」

「ん、ン……あり、がと。凄い、味だったわ」

「カカオ95とかの奴だから、相当苦いと思う。俺は後味とかも甘いのやだから丁度良かったけど」

「まだ舌が変な感じがする……」

「もっと早く止めればよかったね」

「私が勝手に食べたんだもの。ユランがこういう、スイーツ系を美味しいって言うの珍しいでしょ？　好奇心に負けた報いね」

「あんまり無理しちゃ駄目だよ」

「ええ、もう絶対食べないわ」

好むユランにとってはおやつになるかもしれないが、好まないヴィオレットにとっては泥を食べているかの様な苦行だった。味覚はそれぞれというけれど、こうも違うとは。交わらずとも支障はないから、それで困ったり悩んだりはしないけれど。

「それを食べた後だからかしら。このボールクッキー、すっごく甘くて美味しい」

「俺のも、美味しいよ」

そういって、ユランが口に運ぶのは、さっきヴィオレットが吐き出したくなる程の衝撃を受けた黒い塊。砂糖の気配が微塵も感じられないそれを、歪みなく、むしろ微笑みを浮かべたまま味わう姿に違和感はなくて。だからこそ違和感だらけに感じてしまうのは、その叫びたくなるくらいの苦みを身をもって体験したからだろうか。

「……ちょっと悔しい」

「それ、ブラックコーヒー飲んだ時も言われたなぁ」

「苦いのって、なんだか憧れちゃうんだもの」

「そういう人、割と多いねぇ」

甘いのが好きよりも、苦いのが好きな方が大人に思えるのは、何故だろう。

甘くて甘くて甘いだけの恋愛小説より、苦しくて切なくて泣きたくなる悲恋小説が読まれるのは？

幸せな人が更に幸せになるより、不幸な人が幸せになる方が奇跡に見えるのは？

甘やかされたい事が弱さで、辛さに立ち向かうのが強さに感じるからだろうか。

「まぁでも、無いものねだりは誰でもするよねぇ。俺も甘いの食べれたらなぁって思う事あるし」

「そうなの？」

「うん。ヴィオちゃんがニコニコして食べてるの見ると、美味しそうだなぁって思うから」

「あら、ならユランも試してみる？」

粉砂糖で雪化粧を施した、スノーボールクッキー。ヴィオレットが好むくらいだから、甘くて美味しいのは間違いないけれど。ユランが食べるには絶対に向かないそれを一粒、摘まんで自分とユランの丁度真ん中辺りで止めた。

食べさせるなんて行儀の悪い事、いつもならしないのだけれど。今日はちょっとした意地悪のつもりで、すぐに嘘よって、自分が食べてしまうつもりだったから。

「……うん、じゃあ、いただこっかな」

「え？」

別々の椅子で、隣り合って座っていたユランの顔が、その垣根を越えて来る。反射的に引っ込めようとした手を取られて、器用に唇で挟まれたクッキーは、あっという間にヴィオレットの指からユランの口の中へ。もぐもぐもぐ、ごっくん。ほんの数秒で、流れる様な動作で、終わっていた。

「ん……確かに、めちゃくちゃ甘いね。ヴィオちゃんが好きな味」

「…………」

寄って来た時と同じ唐突さで離れたユランが、唇に残った粉砂糖を指で拭うのを、呆然《ぼうぜん》と眺めていた。遅れて、取り残されていた実感と羞恥がやってくる。

「ッ——!!」

体温が上がる、暑くないのに熱くて、頬が真っ赤になっている事なんて誰に言われなくとも理解

出来た。引っ込めた指先には何もなくて、それが余計に触れた物の感触を思い出させる気がして、脳みそが沸騰しているみたいだ。体温を感じる間もなく、羽根と同じ軽さで飛んで行ったけれど、確かに掠《かす》めていったもの。

（く、くち……くちびる、当た……っ）

胸に抱いた指先に、確かに触れていた。柔らかさとか、弾力とかを理解出来るよりも先に終わった、キスにも満たない触れ合い。だからこそ補完されて、構築されて、想像させる。触れて欲しいと思った、その先を。

何処に、触れて欲しいのか——何で、触れて欲しいのか。

「ヴィオちゃん？　ごめん、行儀悪かったね……怒っちゃった？」

「お、怒って……なくもなくもない」

「え、どっち？」

「怒ってないけど怒ってる！」

「えぇぇっ、ごめんね、つい美味しそうだったから」

ご機嫌を窺うユランの声を聞きながら、バクバクと音を立てる自分の心臓を落ち着かせる為に、拗《す》ねたふりでそっぽを向いた。

耳まで赤くなっている事には、気が付いていたし、きっと気付かれてもいたけれど。こんなやり取りが楽しいと、思い合っているのも分かっていたから。

117. 君がくれた

ひとしきり二人で笑ったり、時には怒ったふりをしたり。穏やかな空気が満ちている中で、ふとユランの口数が少しずつ減っていった。困っているのか、迷っているのか、視線が不安定に揺れている。

「どうかしたの？」

両手で包んでいたカップをソーサーに戻して、半身をユランに向けて傾けた。

完全に聞く体勢を整えたヴィオレットに観念したらしい、一度きつく結ばれてからほどかれた唇は、訥々と言葉を紡いでいく。

「えっと……さっきというか、休憩時間の事なんだけど……妹さんが来てさ」

「え……」

「一緒にテスト勉強しないかって」

予想外の所からブスリと刺されて、言葉を失った。自分から聞いておいて、その衝撃を受け止められる耐久性は持ち合わせていなかったらしい。そもそもメアリージュンとユランが親しくなる姿を想像していなかった……否、想像したくなかったから。驚きを滲ませた表情のまま、氷の様に固まってしまったヴィオレットの脳内で、今まで避け続けていた嫌な想像が堰《せき》を切って次から次へと溢れていく。

自分の気持ちを自覚した最初の最初。メアリージュンの言葉で、ヴィオレットは自分の心の奥の奥の欲を知った。逆を言えば、それだけ大きなダメージを受けたという事で。

あの日よりも強い焦燥感が充満する。握った掌がじっとり湿って、さっきまで潤っていたはずの喉がへばり付いた様に上手く動かないけれど、それで良かった気もした。そうでもなければ、身勝手にも叫んでしまっていたはずだ。嫌だと。あの子の傍に行かないでと。言葉に出来ない恐怖に駆られて暴走してしまう所だった。

「それで、ね……テスト問題、俺は別の人に借りるからさ、ヴィオちゃんの分は妹さんに貸してあげて」

「え、でも、今からじゃ」

「テスト問題さえ持っていれば一人でもなんとか出来るだろうし。多分彼女、そういう伝手《つて》がないんだろうから」

「ユランはどうするの？　今から探したって、もう皆、貸し先決めちゃってないかしら」

「あはは……まぁ、なんとかするよ」

そうは言っても、きっとそう簡単には見つからない。そもそも過去問に頼ったこのやり方は推奨されている訳ではないし、下級生に知り合いがいない人の大半は、早々に捨ててしまうか失くしてしまう。そして持っている者は、貸し与える相手が既に決まっている事が多い。そもそも一年前の問題用紙を綺麗な状態で保管出来る人自体がそれなりに少ない。

「でも、それならメアリージュンと一緒にすればいいんじゃ」

「――いいの？」

ジッと見つめてくる、その目があまりにも真剣で、言葉が詰まってしまった。小さく肩を震わせた事に、敏《さと》いユランが気付かないはずがないのに。

誤魔化しを許さない視線、でも決して怖いと思わないのは、今までもずっとこの人に守られてきたからだろうか。ユランが自分を傷付ける事なんて絶対にないと、言い切れるくらいの信頼があるからなのか。

「俺は、やだったよ」

「え……」

「ヴィオちゃんと、……クローディアが一緒にいるの、やだなって、寂しいなって思ってた」

肩を落として、悪戯《いたずら》のバレた子供が、怒られるのを待っているみたいに、ちょっとだけ辛そうに笑った。

ユランが抱いている、クローディアへの苦手意識を知っていた。それでも尚、自分の為に動いてくれた事に感謝して、その優しさにどう返せばいいのか分からなくて。我慢させた事とか、悩ませた事とか、色々な葛藤を強いたのだと理解していた、つもりだったけれど。

嫌だと思っていたと、寂しいと思っていたと、クローディアではなくヴィオレット自身が彼に辛い想いをさせていたなんて、その口から聞くまで想像もしなかった。長い時間を共に過ごした、それだけで理解した気になるなんて、とんだ傲慢だ。

そしてそれを——そんな想いを抱いても尚、自分の為に行動してくれた事が一層嬉しいなんて。傲慢で、醜悪だ。

トクトクと速くなった鼓動、これがときめくという事なら、なんともまぁ現金なもので。さっきまで、足元が崩れてしまいそうな恐怖で息も出来なくなりそうだったくせに。

「私……も」

「うん」

「私、も……やだって思うわ」

開け放たれた扉に飛び込む時、必要なのは自分も曝け出す勇気。恥ずかしいとか、怖いとか、そんな理由で意地を張るよりもずっとずっと大切な事。零れた本音に、優しく相槌を打って、一つ一つに頷いてくれる。ちゃんと届いているんだって、分かるから。声を張り上げなくても、ちゃんと、受け止めてくれるって。

「寂しいなって、思うし、ずるいなって思うの……私だって、ユランと一緒に勉強したり、したいもの」

一つ言葉にする度に、誰でもない、自分の中で感情が形作られていくみたいだった。こんな事を思っていたんだって、気付かされる。こんなの、あれ程怖がり嫌がっていた独占欲そのものではないのか。ずるい、羨ましい、似た様な事をあの時も思っていた。牢に繋がれる切っ掛けになった、最初の羨望で、執着で——あの時よりもずっとずっと、柔らかい嫉妬。

「でも、ユランが大変なのはもっと嫌だわ。だから、メアリージュンには貸さないし、二人が一緒に勉強するのも、止めない」

納得していない事は、表情からも明らかなのに、口では反対の事を言う。強がっている訳ではない、勿論受け入れたという訳でもないが、我慢ともまた少し違って。いうなら、ユランがクローディアに頼み事をした時と同じ物。

この人にとって、一番良い選択をしたい。無償の愛なんて大層な話ではないけれど、こういう小さな積み重ねがいつか、大きな話に繋がっていくのだと思う。

「それで、もし、ユランが良いなら……テストが終わった後で、沢山お喋り、したい」

頬に昇った熱を隠したいけど、きちんと向き合って話したい。そのせめぎあいの末、少しだけ逸れた視線はユランの目よりも少し下で止まった。よく笑うし、表情に出易いタイプだと思っていたけれど、こうして鼻から口元辺りを見ると、ユランは目で物を語る事が多いらしい。引き結ばれた唇だけでは、どんな感情を抱いているのか分からないから。

「…………」

「えっと……駄目、かしら」

「駄目じゃない、全然、駄目じゃない……けど」

何も言わないユランに、我が儘が過ぎたのかと不安になる。自分の欲に走り過ぎてしまったのかと、恥ずかしさで変な汗が背中を伝った。圧し掛かった感情で俯きがちになった視界の端、ユランの輪郭が、少しだけ逸らされて。

その頬と、髪の隙間から見える耳が、真っ赤に染まっているのが見えた。

「ごめん、ちょっとこっち見ないで欲しい」

大きな手が、その顔を隠そうとする。それでも染まった目元も耳も覆うには足りないし、光沢を増した瞳は潤んでいるみたい。

いつもの、可愛らしい雰囲気を纏った精悍な男性ではなく、ただただ愛らしい姿は庇護欲《ひごよく》をそそった。少しだけ顔が強張《こわば》って見えるけれど、拗ねているみたいなそれが余計に小さい頃みたいで。恋する男性ではあるけれど、同じだけ、長い時間を共にしてきた弟分でもあるのだと実感する。

「ふふっ」


「……笑わないで、俺もびっくりしてるんだから。そんな風に言ってもらえるなんて思ってなかったんだもん」

「驚かせてごめんなさい。でも、心からの本音よ？」

「分かってます、ヴィオちゃんそういう社交辞令とか出来ないし。……もー、さっきまではそっちが照れてたのに」

「ユランが赤くなるのって珍しいから、吹っ飛んじゃったの」

「聞こえません、忘れてね」

「とっても可愛いのに」

「嬉しくありません」

「ふふ、ごめんなさい」

「心がこもってなーい。次笑ったら、このチョコ食べさせちゃうから」

「そんな事したら、私だってクッキー食べさせちゃうわよ」

「それ、俺には何の罰にもならないねぇ」

肩を寄せて、笑う声が重なる、幸せな空間。
下校の時刻が来るまで、二人ずっと、その柔い空気に包まれていた。

118．夢の中、夢の先

ユランに言った言葉に嘘はない。彼が大変な想いをするくらいなら、自分のちっぽけな嫉妬なんてどうでもいいと、心から思っている。ただほんの少しだけ、燻《くすぶ》るものがあったのも事実。

「ヴィオレット様、そろそろお着替えなさいませんと」

「……分かってるわ」

帰宅してからずっと、ソファの上でクッションを抱き締めているヴィオレットは、マリンの声に暗い声色で答えた。沈んでいるというよりは、少し拗ねた様な音で。苦労して飲み込んだのに、今度は上手く消化出来なくてもやもやしてしまう。いつもの様な悲壮感はないけれど、顰《しか》め面をしている時点でご機嫌とは程遠い。

「何かありましたか？」

「あった、といえばあったけど……」

誰が悪い訳でもなく、強《し》いて言うなら自分のせい。あの場で、嫌だ、断って欲しいと言えば、ユランはその通りにしてくれたはずで、それをさせたくないと思ったから、物分かりの良い顔で頷いた訳で。その件に関して後悔はしていないし、あれが最善の選択だったと、心から思っているけれど。

「自分の心の狭さに辟易してるだけなの」

「……また難儀な事を考えておられますね」

ずるいな、羨ましいな、私だって――そんな想いが心の片隅に積もって。ゆっくりと溶けていってはいるが、完全に納得出来る様になるまでは時間が掛かる。眉間に皺を寄せている所を見ると、現在融解真《ま》っ只中《ただなか》らしい。

人から厳しくされる事に慣れ切っているせいか、ヴィオレット自身も自分に厳しい節が多々ある。そのくせ他人には甘いのだから、他者にとってこれ程都合の良い人はいないだろう。自分のせいだと思うヴィオレットに押し付けてしまえば、己の罪を省みずに済むのだから。そうした結果が彼女の実母であり、この家だ。

甘やかされる度、優しくされる度、嬉しいのと同じくらい自分には不相応だと感じてしまう。謙虚なんて耳障りの良い単語に言い換えた所で、実際はただ自己への配慮に欠けているだけ。マリンから見れば、わざわざ自分から傷付きに行っているのとそう変わらない。ヴィオレットをこんな風にした大人達は、何の責任も負わずのうのうとしているというのに。

「ご気分が優れない様ですので、夕食はこちらにお持ち致しますね。今ならまだリクエストも受け付けておりますよ」

「それなら……グラタンが良いわ。前に作ってくれた、サーモンとジャガイモの……出来るかしら」

「勿論。ヴィオレット様の好物はいつでも作れる様にしていますから」

「ありがとう。着替えたら少し休むから、準備が出来たら起こしてね」

「かしこまりました」

緩慢な動きで立ち上がり、寝室へと消えていく。制服を回収するのは後でも良いだろうと、ヴィオレットの腕でひしゃげたクッションを綺麗に元の形に直してから、マリンも部屋を出た。
一人になったヴィオレットは、着替えるよりも先に鏡台の前に座り、そこに映る自分と向き合っていた。いつもより厳しくなった目付きに、意味はないと分かっていながら蟀谷《こめかみ》をぐりぐりと刺激するが、特にすっきりする訳でもなく。溜息《ためいき》が零れるのを他人事《ひとごと》みたいに感じながら、柔らかい毛が密集したブラシで髪を梳《す》かした。マリンのおかげでするすると滑らかな質感を維持したまま、梳かせば梳かす程に艶が増していく気もして。つい何度も指通りを確かめてしまった。

（良い香り……）

一日経っても、消えない花の香り。髪の房が少し揺れる度に鼻孔《びこう》をくすぐる、派手《はで》ではないけれど確かな存在感のある芳香。すれ違った程度なら、気付かれないかもしれないけれど。隣に座って、話して、笑い合えばきっと気が付く。
さっきまで、そんな距離に、好きな人がいた。

（ユランも、分かったかな）

毛先まで行き届いたスペシャルケア。昨日までとは違う香りと、微かとはいえ艶を増した髪、潤いのある肌に、少しでも違和を感じてくれただろうか。

（でも、私からは見えたけど、ユランは目を伏せてたから……）

二人の距離が一番近付いた時、手首に感じた緩い拘束、伏せた睫毛の影が金色の目に落ちていて、薄い唇は、思っていたよりも更に軽かった。自分のよりも水分が無くて、少しだけカサついていて。ほんの一瞬、指に触れただけ、だけど。

（ッ！　ま、また私は、何を）

必死に頭を振って、今浮かんだ情景を振り払う。真っ赤になっているだろう顔を見たくなくて、鏡から目を背けると、膝の上で握り締めた手が目に入る。右手の、人差し指。整えられた爪と、指先の少しだけに触れた感覚は、もうそこには残っていない。

ほんの一瞬で、でもその一瞬だけ、時が止まった様に感じた。

恥ずかしさと、嬉しさと、戸惑いと。色んな気持ちがごった煮された心の内は、時に混乱しそうになる。今まで知らなかった自分の一面、身を裂く傲慢さで自分の首を絞めたあの恋とは違う。こんなにもふわふわした感覚になるなんて、微かに触れた熱だけで、一生分の幸せを得たみたいになれるなんて、知らなかった。

着替えもせずに、制服のままベッドに倒れ込む。お日様の匂いを胸一杯に吸い込んで、大きな溜息みたいに吐き出した。うつ伏せで寝るのは苦しいから好きじゃないけれど、今日はその苦しさが心地よく思える。ふかふかの枕に顔を埋《うず》めて真っ暗な世界に飛び込んだ。

起きたら忘れている夢の中。

綺麗に微笑むユランがいて、その隣には、女の子がいて。二人を遠くから眺める自分に、女の子が振り返る。その顔は不自然な逆光に阻まれて、誰なのか分からなかったけれど。

幸せに緩む口元だけが印象的で、泣きたくなる程切なかった。

119．花咲く時を待っている

ヴィオレットの部屋から出たマリンは、主の要望を伝えるべくキッチンへと向かった。

この屋敷のキッチンスタッフは、昔から働いているヴィオレット担当と、当主の帰還と共に別宅から来た当主一家担当に二分されている。派閥というにはお粗末で、ただそれぞれが昔から好みを熟知している相手を担当している内に、自然と役割分担されていっただけ。食の好みや量の配分が難しいヴィオレットを担当する者と、当主達三人を担当する者。合理的で分かり易い構図だ。

ヴァーハン家の複雑さはその家庭環境だけでなく、使用人達にも及んでいる。

料理長やマリンを筆頭に、ヴィオレットを慮《おもんぱか》り、当主に対しては忠誠も恩義も、信頼すら持たぬ者。別宅の頃から一家に仕え、ヴィオレットを僅かな犠牲とばかりに切り捨てている者。別宅から仕えてはいるものの、家族の形には疑問を持っている者。仕事と割り切り、明確な一線を設けている者。
それぞれが、己の立場を相応に理解しているという事だった。家の人間は誰もほとんど気付いていないだろう。ヴィオレットが、自分は犠牲として切り捨てられているのだと、分かっているくらいで。

「シスイさん、ヴィオレット様から夕食のリクエストです」

「あ？　今日は部屋で食べられるのか」

「はい。少し……体調が優れないそうなので」

「なるほど、了解」

料理長のシスイは、ヴィオレットが生まれる前からこの家で働いている。というか、元妻と当主が結婚したのと同時にこの家に雇われたそうだ。
普段は大雑把《おおざっぱ》でガサツだが、料理に関しては繊細で緻密、何より自信とプライドを持っている人だった。だからヴィオレットの食育にも熱心だったし、それが逆効果である事に気が付くのも早かった。どれだけ素晴らしい料理を作っても、食べる人にとって苦痛なら、それは失敗作と同義だと。
マリンが出会った大人の中で唯一といっても良い、敬意を表するに値する人物。

こちらの嘘に気付いた上で何も追及せずにいてくれる所も、一切の躊躇いなく行動してくれる所も。ヴィオレットが彼に対して信頼を寄せるのも理解出来た。恐らくマリンが来るまでは、彼だけが味方をしてくれていたのだろうから。

「以前のサーモンとジャガイモのグラタンが良いそうです」

「あれか……なら先に作っとかねぇと、冷ます時間が足りんな。出来たら呼ぶ」

「よろしくお願い致します」

キッチンの長として君臨する料理長は、二分されたスタッフ全てを纏める役割も担っている。彼の内心がどうであれ、この屋敷の食は彼の管理下にあり、ヴィオレットだけでなく他の三人の分にも口や手を出さねばならない。

となると、時間はいくらあっても足りないのだ。だからこそヴィオレットは滅多に自分の要望を口にしないし、シスイの方も彼女の好物をいつでも用意出来る備えを怠らない。

（私は先に制服の回収……お風呂の準備もしておかないと。入浴剤とオイルは——）

「マリ」

「はい？」

「お前も先にこれ食ってけ。お嬢様の用意に入ったら食う時間が無くなる」

コトンと調理台の上に置かれたお皿の上には、ポテトサラダを塗って炙《あぶ》ったトースト。恐らく朝か昼の残りを使ったのだろうが、彼が作る物に外れは存在しない。きつね色のジャガイモと所々に見え隠れするミックスベジタブルが香ばしい。眠っていた空腹を揺り起こすのに充分な威力でもって、真っ白な磁器に鎮座している。

「いただきます」

「どーぞ」

立ったまま食べるなんて行儀が悪いと言われそうだが、やんごとなき血筋でもなければ、大した教育も受けていないマリンにとって、マナーよりも効率が優先される。わざわざ移動して椅子に座って食事を取るより、ここで立ったまままさっさと食べて、そのまま片して貰った方が早いし楽なのだ。

大口を開けて、手摑みで口に運んだそれは、ジャンクフードの様な扱いにそぐわない美味しさだった。マッシュされたポテトと、サラダの名残であるコーンやグリンピース達。複雑な表現の似合わないストレートな味は、食通でもなければ肥えた舌も持たないマリンにも素直に美味しいと絶賛出来る物だった。

大口で五回かぶり付いたら、お皿の上は空っぽでお腹の中は六割くらい満たされた。

「ごちそうさまでした」

「んー」

「では、失礼致します」

軽く手を上げただけの見送りに背を向けて、キッチンから駆け出した。ヴィオレットの部屋を覗いてみたら、制服のまま眠っている様だったので、起きた時の着替えと予備の制服を用意して他の準備に取り掛かる。お風呂掃除は別の人が担当しているので、マリンがするのはタオルやアメニティーの用意と、必要ならば入浴の手伝いをする自分のお風呂セットも。

後は細かい備品のチェックと、明日の予定の確認、夕飯の時間になったら一度食堂に顔を出してヴィオレットの欠席を伝えなければならない。

（そろそろ集まってくる頃か）

腕時計で時間を確認すると、そろそろ食堂に人が集まって来る時刻だった。大抵はエレファとメアリージュンが先に居て、オールドが最後に席に着き食事が始まる。ヴィオレットはいつも時間の十分前に席に着く様にしているが、それが遅刻になるかは他の三人次第。

正直、誰か適当な者に伝言を頼みたい所だが、信用出来ない者に任せて、曲解された発言を吹き込まれても困る。それでなくても、勝手に脳内で捻じ曲がった解釈をする男がこの家の長なのだから。

可能な限りの速足、足音の響かない様に注意して、開け放たれている絢爛な扉の前に立った。出来上がった料理が運び込まれている最中の食卓は、既に三人の人影に囲まれていた。出そうになる舌打ちを喉の奥で殺して、感情を削ぎ落とした表情には怒りもない代わりに愛想も出す事はない。

「失礼致します」

ゆっくりと一礼し、一語一句はっきりと、後で聞いていないとか聞こえなかったとか難癖をつけられない様に。

「ヴィオレット様はご気分が優れないご様子でしたので、ご夕食は自室にお運びさせていただきます」

「え……お姉様、大丈夫なんですか？」

「はい。しっかりお休みいただければ、問題ないかと」

「そうですか……あの、後でお見舞いに伺いたいです！　構いませんか？」

駄目に決まってんだろ――出そうになった言葉は、この家に来てから分厚くなった面の皮の下に隠して、お姫様とその向こうにいる暴君の機嫌を損ねない様に、口角に力を入れた。出来るだけ穏便に、断りの言葉を紡がなければと。

「止めなさい、メアリー」

マリンが持ちうる語彙《ごい》を漁《あさ》っている中、泥で出来た助け船が流れて来る。決して乗りたくはないその船には、不機嫌と心配を一緒に詰め込んだ男が乗っていた。随分と器用だなんて、沈めた心で嘲笑う。

「可笑しな病でも伝染《うつ》されたらどうするんだ」

想像するだけでも悲しいと、悲痛に歪んだ表情でメアリージュンを気遣う男の頭には、その可笑しな病に『罹《かか》っている』かもしれない娘は存在しないらしい。父の心配をその身に受けたメアリージュンは、自分の考えなしを恥じて謝っているが、本当に気付くべき所には違和感すら抱いていない様だ。

詰まらない舞台を、無理矢理見せられている様だった。自分に酔った演者が、観客を置き去りに感動の押し売りを繰り広げている。演目は差し詰め、美しい家族愛といった所か。

(馬鹿馬鹿しい)

ヴィオレットを蔑《ないがし》ろにして絆《きずな》を確かめ合う彼らを見るのは、もう数えるのが億劫になる程の回数になる。少なくとも、両手両足の指では足りない。同じ屋根の下で住み始めてからまだ一年も経っていないはずなのに、よくもまぁ軽やかに人の大切なものを踏み潰してくれる。

「失礼致します」

誰も見ていないのは分かっているが、それでも立場と建前の為に一礼してからその場を後にした。人気が食堂に集中しているからか、少し離れただけで人の気配を感じなくなる。キッチンにはシスイがいるはずだが、多くの使用人は美しい一家の団欒《だんらん》を彩る駒として駆り出されているはずだ。

このままシスイの許に向かい、ヴィオレットの夕食を受け取ってから主の部屋に向かおう。ヴィオレットの私室は他の三人の部屋と離れているから、彼らの夕食後でも鉢合わせしたりする事はないだろうけれど、メアリージュンだけは軽々とその予想を超えて来かねない。

最近やっと、良い兆しが見え始めてきた。

ゆっくりゆっくり、十何年も掛けてようやく開いた小さな芽。このまま何の障害もなく花を咲かせて欲しいけれど、芽吹いた場所は塩害の中で唯一残った一握りの健康な土壌だ。枯れない方が不思議な程に痩せ細った世界は、目を逸らした途端に干上がっていても可笑しくはない。

慎重に、そして確実に。誰にも邪魔されない為に。

自分がやるべきは、小さな芽を枯らさない事。誰にも。摘ませない事。

花を咲かせる人を、主と呼べるその日まで。

120．背中合わせの同族へ

その日から、ヴィオレットとユランが顔を合わせる頻度は徐々に減っていった。テストが近付くにつれて、お互いに勉学に勤しむ時間が増えたというのも勿論だけれど、それにしても今までのテスト期間中よりも少ないと感じる原因は、皆まで言わずともメアリージュンにあると言えるだろう。

ユランがメアリージュンと共に勉強している姿を見たのは、一度や二度ではない。といっても二人だけではなく、大抵ギアがいるか、名前を知らない数人を含めたグループで、だったけれど。てっきり二人きりだと思っていたヴィオレットにとって、それは思いがけない吉報だった。

ヴィオレットにとってメアリージュンは、どうしてもコンプレックスを刺激される存在で、二人だけでいる姿を見た時、本当に今と変わらず強がれるか不安でもあったから。

とはいえ、今までヴィオレットと共にいた時間を、メアリージュン達に使っている事は間違いない。人数が増えた事で予定以上に回数が増えているのも。ある程度覚悟はしていたので、文句を言うつもりはないけれど。

幸い、ヴィオレットも共に時間を過ごせる友人に出会っていたから、一人で時間を持て余す事もなかった。

「ヴィオ様、少し休憩にしませんか？」

「あら、もうそんな時間？」

「集中力が切れるには、充分な時間ですよ」

二人で貸し切ったサロンは、奇《く》しくもユランと最後にゆっくり話した部屋だった。それ程長い時間が経った訳でもないのに、何処か昔を懐かしむ様な気分になってしまう。テーブルの上に広がっているのは、あの日と違って教科書やペンだけれど。

「先程ティーセットをお願いしたんです。チョコタルトを頼んだので、一緒に食べましょう」

「いつの間に……全然気が付かなかったわ」

「集中していらしたので、その間に」

二人分のセットを置いたら一杯になる小さなティーテーブルに移動して、カップに紅茶を注ぐ。ストレートらしいそれにヴィオレットはミルクと砂糖を足して甘く、ロゼットはそのままを楽しむらしい。チョコタルトも、生クリームトッピングとベリーソースの二種が用意されていた。当然の様に生クリームの方がロゼットの前に用意されていて、二人で顔を見合わせて笑ってしまった。

「ロゼットも、たまには甘いのを食べたくなるのかしら」

「ヴィオ様こそ、そちらはビターチョコのタルトですよ?」

くすくす笑いながら互いのお皿を交換する。こういった勘違いはいつもの事で、訂正するのも面倒だからと放置する様になってから、今ではお決まりの茶番劇だ。甘い物も可愛い物も、自分よりロゼットの方が似合うなんて事は分かっているし、自分には縁遠く見えるのだって自覚している。ロゼットも反対の立場で同じ様に思っているだろう。

気にしなくなったのは、それ程最近でもない。二度目の一年を過ごす様になってすぐ、気にするのを止めた。ただそれは所謂《いわゆる》諦めるという類の物で、今の様に晴れやかな気分の割り切りではなかったけれど。

生クリームをたっぷり絡めて、甘い甘いチョコレートとサクサクのタルトに舌鼓を打つ。自然と頬が緩むのを感じながら、ふと、前にここに来た時の事を思い出した。

「やっぱり、私はこっちが良いわ」

「やっぱり？」

「以前すっごく苦いチョコレートを食べた事があるの。ロゼットと同じで甘い物が好きじゃない人がいて、その人は美味しいって食べてたんだけど……私は駄目だったわ」

「ヴィオ様は甘党ですからね」

「私はスノーボールを食べてたんだけど、彼は逆にそっち駄目そうだったわ」

「あはは、私はその人の気持ちの方が分かるかもです」

「ふふ、確かに似ているかもしれないわね」

ロゼットとユラン。一見すると共通点の無さそうな二人だが、改めて考えると成る程よく似ている。人からの印象とか、それへの対応の仕方とか、好みとか悩みとか。ヴィオレットが認識している部分の話なのでもしかしたら勘違いかもしれないけど、二人ともヴィオレットが惹《ひ》かれた人物である事に違いはない。

「彼という事は、もしかしなくても男性ですか？」

「あ……ごめんなさい、異性と似ているなんて、淑女に言うべき言葉ではないわね」

「私の趣味が男性的なのは事実ですもの。ヴィオ様のご友人と似ているなんて、嬉しいです」

むしろ周囲が理想の姫、理想の女性なんて、勝手な幻想を抱く自分の本質を理解してくれている様で。何よりヴィオレットにとって、何気ない瞬間に思い出してしまうくらいに馴染《なじ》んだ友人と似ていると言われるのは、ロゼットにとって筆舌を尽くした賛辞よりもずっと嬉しい。

ヴィオレットの言う『彼』が誰なのか、頭の隅では分かっていても。その相手とはきっと、本当の意味で分かり合える日は来ないだろうと、思ってはいても。認めたくはないけれど、実際よく似ているのだろうと、気が付いていても。

「いつか紹介するわね。男の子だから、ロゼットと仲良くなれるかは分からないけれど」

「……是非、私もご挨拶したいです」

甘い甘い笑顔で、ヴィオレットが頷く。胸躍るいつかの日を本当に楽しみにしているのも、それがロゼットを大切な友人として心を預けているからだという事も、分かるから。自分の知るユランという男の事を秘密にして、ロゼットも微笑み返す。

そのいつかがどれだけ先になるのか——その時この可愛らしい友人は、ユランをなんと言って紹介するのか、楽しみに描きながら。

１２１．減ったのは一つ

降り積もる物がある。ゆっくりと、少しずつ、沈殿していく物がある。それは軽くて、積もっている事に気が付かないくらいに小さくて。物置に積もった埃みたいに、大した事はないと、つい気付かないふりをしてしまう。

少しずつ、少しずつ、でも確実に重なっていって、その重みに耐え切れなくなった時に漸《ようや》く、気付くのだ。

気付いていないのではなく、気付きたくなかっただけなのだと。

※※※

それは、テストが近付いて、勉強を口実に夕食の席をよく休む様になった頃。

「え、明日からあの人いないの？」

「はい。何でも先代様に呼ばれたそうで」

「お祖父様《じいさま》が？」

ヴァーハン家の先代当主、つまりはヴィオレットの祖父であり、ベルローズの実父でオールドの義父だ。今は領地の奥深くに屋敷を構えて隠居生活をしているが、王からの信頼も厚く未だに大きな権力を持っている。世代交代をした後であっても、逆らう事は許されないくらいに。

ヴィオレットと名付けたのも彼だと聞いているが、実の所、ほとんど記憶にないくらいに遠い人だった。母の葬儀の時に顔を見た、程度の人。名前を貰ったと言っても、あの母がきちんと名付けられるとは思えないので、代理の様な形だったのかもしれない。正直、あまり関わりたくないというのが本音だ。話した記憶もない相手にこういった印象を持つのもどうかと思うが、今も昔もこの家の内情をある程度察しているはずなのに音沙汰《おとさた》もなく、実の娘が亡くなった時もその後も、形式と義務だけで終えてしまう人なのだから。

ただ嫌いとか、恨み辛みを抱くとかでもなく。むしろ存在を忘れていたレベルで関心がない。それは向こうも同じだと思っていたのだけれど。

「珍しい事もあるのね。お祖父様があの人に連絡を取るなんて……私が知らないだけで、別宅に住んでいた時もよくあった事なのかしら」

「そうではなさそうです。旦那様もとても驚いていたそうですから」

「忙しいのね。マリンはいいの？」

「ヴィオレット様専属の私には関係のない話ですよ」

鏡越しに梳かされた髪が編まれるのを眺める。祖父からの連絡には驚いたが、父の不在に関してはラッキーくらいの感想しかなかった。生まれてから今まで、一緒に住んでいた時間の方が圧倒的に短い相手。居る事に違和感を覚える事はあっても、居ない事に戸惑う事はない。

「一週間ほど時間を取られたそうなので、その間のお食事はお部屋にお持ち致しますね」

「随分長いのね。お屋敷が遠いのは聞いていたけれど」

祖父の隠居先までは片道、十時間以上掛かる。交通手段さえ選ばなければ一日で行って帰っては来られるが、生まれも育ちも、大人になってからも貴族の世界だけで生きて来た父に、そんな旅路が耐えられるはずはない。それを加味すればある程度の余裕が必要だろう。暫く屋敷の中が忙《せわ》しないと思っていたけれど、仕事のスケジュール調整や護衛の手配に勤しんでいたらしい。

「行くのは一人？」

「メアリージュン様は学園がありますし、奥様は残られるそうです。長旅になってしまいますし、楽しい旅行でもありませんから」

「あの人、お祖父様だけは苦手だものね」

それは不倫や妾腹、ベルローズの死が抱かせる意識だろうが、一番は、そのいずれに対しても『何も言わない』という態度が恐ろしいのだと思う。いっそ罵詈雑言でも浴びせてくれたら、同じだけ返してやれるのに、と。あの二人が今更何を話そうというのか、想像する材料は豊富なのに、そのどれもがしっくり来なかった。

「……まぁでも、少しの間はのんびり出来るのね」

「はい。テスト期間でなければ、もっとぐうたらしていただけたんですけど」

「悩みの種が遠ざかったおかげで勉強が捗《はかど》るわ」

といっても、放課後はロゼットと過ごしているので、家でする事はそんなに多くはないのだけれど。家に帰る足取りがほんの少しだけ軽くなるのは事実だ。どうして帰って来てくれないのかと、父親に救いを期待していた幼いヴィオレットはもういないのだから。居るだけ重荷にしかならないので、本当は一週間と言わずいつまでだって向こうに滞在すればいいのにと思う。

「それでは、お休みなさいませ」

「ええ、お休み」

ベッドに入って、いつになく穏やかな微笑みで睡眠を促したマリンに、同じ様な気持ちでゆっくりと目を閉じた。

一週間という束の間の安寧に、期待を抱きながら。

122．ジャスミンが咲いている

一日に食事は三回。学園で取るお昼は除外するにしても、一日に二回は団欒の席に着かなければならない事になる。欠席するにしても下手な理由付けで心配を掛けたとなれば、素直に出席していた方がマシな事態になりかねない。協調の意味をはき違えた者の強要程質《たち》が悪い物はないのだから。何にしても、ヴィオレットにとって一日に二度ある家族との食事の席は、電気椅子に近い物だった。誰の気紛れでスイッチが押され、処刑が開始されるか分からない。

たった一週間。それでも解放されたという事実は、思っていたよりもずっとずっと清々しかった。

「ヴィオレット様、まだお時間がありますし、折角ですから何かアレンジでもしてみましょうか」

「え？」

自室にて朝食を取り、登校時間までの時間をのんびり過ごしていた時。いつの間に持っていたのか、両手にブラシと髪飾りを手にしたマリンがソファの傍に立っていた。ついさっきまで扉の傍で片付けをしていたはずなのだが、時折マリンの行動力と速度が人並み外れている様に思えるのは気のせいだろうか。

「いつものでも素敵な事に変わりありませんが、この機会に色々と試してみるのも良いのではないかと」

「それは、確かに良いかもしれないけれど……マリンはいつの間にそんな技術を習得してたの？」

「手先の器用さには自信がありまして」

出会った時から、マリンの髪はショートカットから変わらない。仕事の邪魔になるからなんて言って伸ばした事はなく、伸びた分を定期的に自分で切っているらしい。ヴィオレットに対する献身ぶりとは打って変わって、自分の事には全く無頓着というか、興味がないのだとか。求めるのは清潔さ一点のみだと言い切っている。

もっと自分に時間もお金も掛けた方が良いのではないかと提案したら、「好きな物と、自分でしたい事はまた別なんです」と楽しそうにヴィオレットを磨き上げていた。本人が望んでいるなら、ヴィオレットが言う事は何もないのだけれど。

「痛かったら言ってくださいね」

触れる手は迷いなく、完成形を思い描いた上での行動であるのが窺える。道具を用意していた事といい、言い出さなかっただけで準備は万端だったのだろう。立っているだけで目立ってしまうから、飾り立てる事を好まないのだと、知っていて。鼻歌まで歌い出しそうな上機嫌ぶりは、冷静さを崩さないマリンにしては珍しい。それ程嬉しいと思ってくれているなら、その心がヴィオレットにとっては嬉しい。

「……はい、出来ました」

「ありがとう」

手慣れているな、と思ったのは手際の良さゆえだが、実際は手慣れているとか器用だからとかではなく、ヴィオレットの為に頑張ってくれたのだと分かっている。自分自身の為には梳かすだけでヘアピン一つ使おうとしないマリンが、こんな可愛いバレッタを持っていたのだって、同じ理由なのだろう。

痛くはないけれど崩れない程度に編まれた髪をなぞる。首筋がいつになく涼しくて違和感があるけれど、顔周りがすっきりとして楽だった。

渡された手鏡で後ろを確認すると、編み込まれた髪が青い鼈甲《べっこう》のバレッタで綺麗に纏められお団子になっていた。正面から見ると、左右の編み込み部分しか見えない。いつもなら顔周りに散らばっている灰色がなくて、視界には少しの前髪だけが残っている。

「凄い……凄く素敵ね、綺麗だしとても楽だわ」

「良かった。纏め髪は沢山覚えましたので、明日は別のをご披露出来ますよ」

「それは楽しみね」

髪を伸ばしたのは、幼少期からの恐怖心が原因だ。母の目の前で、理容師に切り落とされる髪を見る度、自分が切り捨てられていく様な気がして。散らばる髪の一本一本が、ヴィオレットの死体なんじゃないかって。神経の通っていないはずの髪に鋏が触れる度、自我も一緒に削がれる様な痛みを感じていた。だから今でも、髪を切るのは苦手だ。

可哀想な、私の一部。痛い痛いと声を上げる事にさえ疲れてしまったこの子達を、優しい手で撫でて、労《いた》わってくれる人がいる。それだけで、無意味に切らなかっただけの日々にも意味があったのだと思える。

「そろそろ出るわ。残してしまってごめんなさい」

「料理長が多く作り過ぎただけなので、大丈夫ですよ」

テーブルには、まだ手の付けられていないお茶請けがいくつか残っているが、元々食べ切れる想定でない事は明白な量だ。朝食の後だから少なくして欲しいと頼んでいるのだが、シスイはヴィオレットの好物を作るのに夢中になってしまう節がある。食べかけでもない限りはそのままマリンのおやつになるので、ヴィオレットが気にする程無駄にはなっていないはずだ。

「それでは、行ってきます」

「お気を付けて、行ってらっしゃいませ」

玄関先まで見送りに来てくれたマリンに手を振って、送りの車に乗り込んだ。走り出した振動に身を任せながら、鞄から手鏡を取り出す。掌サイズの円盤に映る、いつもと少しだけ違う自分にくすぐったい気持ちになりながら、小さな期待が胸に広がるのを感じていた。

（ユランは、なんて言うかしら）

少しでも、話す事が出来たら——似合っていると、笑ってくれたりしないかな、なんて。

※※※

ヴィオレットを乗せた車の影が遠ざかって行くのを眺めながら、マリンはさっきの事を思い出していた。ずっとずっとしてあげたいと願っていた事を、漸く叶える事が出来た喜びを。
こうやって少しずつ、ヴィオレットが自分の価値を取り戻してくれればいい。自分を好きになるのは、まだまだ難しいのかもしれないけれど。嫌いじゃない部分が増えて、いつの日か、『好きになれる自分像』を思い描ける様になれば良いと。その手伝いならいくらだって出来るから。

(明日はどうしよう……今日は初めてだからシンプルめにしたけど、大きなリボンとかも絶対似合うし。あんまり高い位置にすると重さで痛くなってしまうかな)

脳内では、様々な髪型をしたヴィオレットが笑っている。そのどれもが可愛いし綺麗だし素晴らしいのだけれど、本人の希望もあるし、優先すべきは見た目ではない。お洒落《しゃれ》には我慢も必要だろうが、何に天秤《てんびん》が傾くかは人それぞれだ。ヴィオレットが苦しかったり痛かったりするのは、マリンの信条に反する。

(一度部屋に戻ってから……ッ)

仕事に戻ろうと、踵《きびす》を返して玄関をくぐろうとした、時。
音も無く、気配も無く、その人は立っていた。

「奥、様」

「お見送りは終わったの？」

「はい。これから仕事に戻ります」

「そう……頑張ってね」

にこやかに笑う、少女の様な女性。メアリージュンが成長したらこうなるのだろうと、簡単に想像出来るくらい、顔だけでなく纏う空気感までもが母子でよく似ていた。誰もが慈愛と癒しを連想する、柔らかな包容力と寛容さ。おっとりとした笑みに穢《けが》れなどなく、誰も嫌わず、嫌われずに生きて来たのではないかと錯覚しそうになる程に、愛らしい人。
間違っても暴力など振るわず、同性にすら簡単に組み敷かれそうな、華奢でか弱い存在に、見えるのに。

（な、に……今のは）

ゆったりとした歩調で、マリンから離れていく背中が扉の向こうに消えるまで、動く事が出来なかった。暑くもないのに、背中と額に汗が滲む。指先が震えている事に気が付いて、両手を擦り合わせる様に握り締めた。ドッドッと耳の奥で鳴り続ける拍動が、恐怖を煽り立てる様で。

――怖い？　何が？

一体自分は、何が怖かったというのか。危害を加えられた事もなければ、罵倒された事もない。いつだって、物静かにオールドの隣で微笑んでいるだけの人に。

嫌いであるのは間違いないし、何なら憎み恨みを募らせる事はあるだろうけれど、恐怖心を抱く様な相手ではないはず、なのに。

「ッ……！」

何度も何度も首を振って、芽生えた感情を振り払う。気の迷い、気のせい、思い違い。全部ただの勘違いだと、深呼吸一つで植え付けて、思考を仕事へと切り替える。

掃除に洗濯にと走り回って、忙しなく動き回る内に、震えも心臓の音も治まっていったけれど。

腹の底に溜《た》まった重く冷たい不安だけは、いつまでも残ったままだった。

123．思い出にすると決めているから

「素敵です！　よく似合っていらっしゃいます！」

「ありがとう……でも恥ずかしいから、少し落ち着いて」

放課後、最近の恒例になっているテスト勉強の場で落ち合ったロゼットが、目をキラキラさせて何度も褒め称えてくれる。嬉しいけれど、照れ臭かった。褒められ慣れていない事もあって、どういう反応をするのが正しいのか分からない。くすぐったくて、浮付《うわつ》く様な揺蕩《たゆた》う様な、不思議な感覚だった。

「そのバレッタも髪色に合っていますし、ご自分で選ばれたんですか？」

「これは、幼い頃から一緒にいるメイドが用意してくれたの」

「あぁ、それで……その方はヴィオ様の事をよく見てらっしゃるんですね」

好みは、本人の口から聞けばすぐに知る事が出来るけれど、似合う物となるとまた難しい。本人ですら気が付いていない事も多いし、相手についての知識が多いからといって、必ずしも似合うとは限らない。余程詳しく、丁寧にその人を見ているかに掛かっている。

そういう意味では、マリンは誰よりもヴィオレットを知っていて、見て来た一人と言えるだろう。

「人は自らを映す鏡であり、人生の財産ですから……良い従者をお持ちなんですね」

「そうね……家族、みたいなものだから」

本当の家族がどんなものなのかは分からない。でも、思い描く理想の中には必ずマリンがいる。

血縁とか立場とか、全部どうでも良くて、ずっと同じ様に、今のまま共に過ごしていきたいと思える人。今より近くも望まないし、遠くに行かれたくもない。主人と従者で、だからこその信頼で、ずっとずっと一緒に居られたら素敵だと。そういう感情を全部詰め込んで表したら、家族みたいが一番しっくりくる気がした。

使用人の立場にいる相手を家族にカテゴライズするなんて、階級を重視する社交界では邪道と言われても可笑しくないけれど。

「ヴィオ様がそんな風に言うくらいですから、きっと素敵な方なんでしょうね」

そういう垣根を気にしない人だから、嘘も誤魔化しも必要ない。優しく受け入れる懐の深さと、誰かの大切な物を丁重に扱う思慮深さは、沢山の意外性の中でも変わらない印象だ。綺麗に笑う、綺麗な心根の女性。姫としてではなく、女性としてでもなく、人としてこんな風になりたいと思う。

「私もたまには変えてみようかなぁ……」

「あら、良いわね。いつも自分で結っているの？」

「普段は自分で。ドレスに合わせたりする時はお任せしていますけれど」

緩く編んだハーフアップに、大きめのリボンを飾ったロングヘアは、色と相俟ってロゼットの特徴になっている。腰まである髪は長さこそヴィオレットと同じくらいだが、髪質は対照的だ。歪み知らずのストレートと言えば聞こえは良いかもしれないけれど、本人にしか分からない悩みは相応に存在する。

「絡まったりとかは少ないんですけど、その分中々癖付かないし、すぐにとれてしまうんです」

「私とは真逆ね」

「ですねぇ。それで結局いつものが安定するなって、同じのばかりになってしまって」

「よく似合ってるわ」

「ありがとうございます」

照れ笑いを浮かべながら、毛先をくりくりと指で捻じっている。指に巻き付けたりしてもすぐにツルツル滑って真っ直ぐに伸びる髪は、芯の強さをうかがわせた。ヴィオレットが同じ様にしたら、あっという間に小さな毛玉の出来上がりだろう。

どちらも天使の輪が光ってはいても、そこに至るまでも、維持の仕方も全く異なる。今までそういう事に頓着してこなかったヴィオレットにとっては色々と新鮮だ。何処の、なんて商品が良いとか、どれが合わないとか、キャッキャしながら話すのは楽しい。ただヴィオレットの見た目を称賛するだけの取り巻きとでは、出来なかった体験だ。あの頃はどんどん装飾して派手にする以外の方法を知らなかったから。元々持っている物が優れているのに、それを損なう様な事ばかりしていたのだと、今ならちょっとだけ分かる。少なくともあの時より、少しはマシな自分になっていると思える。

「ロゼットの髪飾りは自国の物よね。色が濃いのに透明度が高いもの」

「うちは代々、王家の人間が誕生すると、その年に取れた一番良いリトスの石で装飾品を作るんです。これは私の誕生年ので、この耳飾りもそうですしネックレスとかもありますよ。正装時には必ずその一式を使うので、悩まなくて済んでます」

「あら素敵。毎回考えるのって面倒だもの」

「といっても私は普段使い用も作ってもらったので、正装に限らず楽をさせていただいてます」

さすがにドレス用のアクセサリーを普段使いに持ってくる訳にはいかないし、その逆もまた然り。派手好きではないから、どちらも似た様なデザインになってはいるのだけれど、けじめは大切だ。幸いロゼットが生まれた年は良い原石が豊富に取れたので、多少種類が増えても問題なかった。

「私もいつかリトスの石で何か作りたいのだけれど、やっぱり輸入品では限界があるわよね。ロゼットので目が肥えてしまっているし、やっぱり国まで出向かないと駄目だわ」

装飾品にそれ程興味はないし、クローゼットの中で輝いているのはどれも必要に応じて用意した物ばかりだ。ヴィオレットにとっては絢爛豪華なそれらよりも、マリンがくれたヴィオレットの為の安物の方が、比べ物にならないくらい価値がある。いつかあの家を出る時、持っていくのは後者だけで満ち足りる程に。

だから初めて、自分の為に欲しいと思って、自ら手を伸ばした宝石。大切な友人を象徴する物だから、一つで良い、小さくて良いから、思い出として手元に残したくて。あの父が買ってくれるなんて期待はしていないから、持っている宝石達を売って資金にする計画をしている。

「あの、それじゃあ私が……」

話した事で計画の穴が見えてきた。購入する事と金策しか考えていなかったが、どうやら旅行を組み込んで計画を練り直さなければならないらしい。国の外に出る機会がヴィオレットにあるのかは謎だが、最後の手段としてはマリンにお使いを頼む事としよう。

ほとんど独り言になっていたヴィオレットに、答えようとしたロゼットの言葉が止まる。詰まったというより、方向転換した様な寸断の仕方で。顎に手を当てて思案の間、一人頷いたロゼットが下げていた視線を上げた。

「あの、もし宜しければ、私にプレゼントさせていただけませんか？」

「え？　あ……ごめんなさい、気を遣わせたかしら。そんなつもりで言ったんじゃ」

「分かっています、私が勝手に送りたい物があるだけで。……お誕生日、まだでしたよね？」

「そう、だけど、でも」

「気に入らなかったら、改めて私の方で購入ルートの紹介はさせていただきます。ただ、その……お揃いにしたいなと、思って」


こちらの反応を窺う目には、期待と不安が入り混じっている。いつも人に囲まれているから忘れそうになるけれど、ロゼットも友人という存在には縁遠い。優しい知人は多いけれど、対等に笑って話して意見を言い合える相手というのは家族以外にいない。

だから、色んな物事に憧れる。きっと多くの人が幼い頃に経験している、子供みたいな交流に。

「アクセサリーじゃなくても全然大丈夫ですしっ、文具とか、何なら石だけでも全然……！」

きょとんとして止まってしまったヴィオレットに、不安を募らせたロゼットが早口で捲《まく》し立てる。

余裕がなくなった人間はいとも容易く醜態を曝すものだ。あたふたして、身振り手振りで、浮かんだ言葉がなんなのか理解する前に口にして。

「……ふふっ」

「あ……」

「石って……っふふ、それはお揃いの範疇《はんちゅう》なの？」

笑い出したヴィオレットに、漸く自分の発言を顧みたらしいロゼットの頬が真っ赤に染まる。石をお揃いとはまた斬新というか、何処かの風習にありそうではあるが、女学生のお揃いにそれは含まれる物なのかは疑問だ。

「それなら、ロゼットの分は私から贈らせて貰えるかしら。もう過ぎてしまったけれど、私からの誕生日プレゼントとして」

「ッ、はい！　ありがとうございます！」

「石の方は任せ切りになってしまうから、加工の方は私の方で探してみるわね。先にどんな物にするかを決めなきゃだけど」

「やっぱり、普段使い出来るのが良いですよね。後、出来るだけシンプルで主張がない物で」

「そうねぇ……テストが終わったら、色々と計画しましょうか」

「そうでした……私初めて、テストが早く来て欲しいって思います」

やる気が出たのか削がれたのか分からない顰め面で、話してばかりで進んでいなかった勉強を再開する。先に楽しみがあると、今が途端に億劫になってしまう。時の流れはいつだって変わらないし、それなら今必要な事に向き合った方が合理的だと理解はしていても、気持ちは未来にばかり向かってしまって。早く眠れば早く明日が来るかもしれないとか、馬鹿げた事を本気で考えたりもして。

(早く、終わらないかな)

先の事を望んで今を過ごすなんて、不思議な気分だった。過去も未来も怖いから、今の平和が三秒後まで続いているとは限らないから、希望を乗せて明日を想像するなんて、裏切られた時耐えられないから。そうやって色んな予防線を張って生きてきたのに、今は明日も明後日《あさって》も、その先の約束までも楽しみにしている自分がいた。反故《ほご》にされたらどうしようなんて疑いが、微塵も出て来ない事に驚いてしまう。

ユランに会いたいし、ロゼットとの約束にも心が躍る。そのどちらもが、裏切られないと、言い切れるくらいに信じている事、信じていられる事が、嬉しかった。

（ユランにも、話したいわ）

ロゼットに、ユランを紹介したいと思った様に。ユランにも、大切な友人を紹介したい。二人に仲良くなって欲しいとか、そういうのではなくて、大切に出来る人が出来たのだと知って欲しいから。友と呼ぶには憚《はばか》られる人達ばかりを見せてきた彼に、心配しないでと伝えたい。

そして、ロゼットにも。いつの日か、全てを捨てた後で、欲の尽きた先で、教えられたらいい。

この人が、大切な幼馴染《おさななじみ》で、弟みたいな、家族みたいな存在で。

私が初めて恋をした人で、愛している人なのだと。

124．さよならの練習

いつもより少しだけ早く帰宅したヴィオレットは、着替えを済ませてマリンが用意してくれたホットミルクを楽しんでいた。落ち込んでいた訳ではないのだが、頼むより先にマリンが持って来てくれたから。甘い香りと、ほっとする味付け。好物である事には変わりないので文句を言うつもりはないが、マリンが希望を聞いてこなかった事には疑問に思う。

（どうしたのかしら……）

いつも通り、出迎えから休息の準備まで完璧だった。表情に感情が出ないのは昔からで、笑う時も眉尻が下がって穏やかな顔付きになるだけ。それでも何となく察せるくらいには長く共にいて、互いに心を傾けてきた。ヴィオレットが落ち込んだ時、自分の中の何かが死んでいく時、いつもギリギリの所でこの甘さが引き留めてくれていた。飲む度に、愛情を思い出させてくれる。穴から零れていく幸せの何倍もを注いでくれる。
それはマリンにとっても、一種のルーティンになっていた。
SOSを発する程の気持ちではないけれど、何かもどかしい事があった時、消化し切れない何かを溜めている時。マリンはホットミルクを作る。この味が、この甘さが、二人にとっての優しさと愛情の象徴だから。

(元気がない……とは、少し違う気がするし。悩み事だとしたら、力になりたいけれど)

聞いた所で、マリンは絶対に答えない。信頼し、尊重し、大切にされているから分かる。マリンにとって、ヴィオレットは庇護すべき相手だ。従者であり、主人であり、家族の様な人。役割を決めるなら、妹の様な存在。守りたいと思われているし、守られていると知っている。だからこそ、弱い所も悩んでいる所も見せては貰えない。
それが不信から来るものだとは思わないけれど、力不足であるとは思う。いつも心配ばかり掛けてきたのだから、当然と言えば当然だけれど。

(怪我《けが》をしたとか、体調が悪いとかではなさそうだから……一先《ひとま》ずは安心だけれど)

顔色も良かったし、傷の類も見られなかった。仮にヴィオレットには見えない位置に包帯があったとして、何かあったらマリンを止めるだろう人材は知っている。ある意味では、ヴィオレット以上にマリンをセーブ出来る人を。ヴィオレットよりも大人なマリンよりも、更に大人が。

（そういえば……今年はまだマリンへのプレゼントを贈っていないわ）

正確に言えば、マリンの生まれた日ではないけれど。孤児とはいえ数年は誰かの子供だったマリンは、自分の誕生日を覚えてはいた。ただそれを祝う事を好まず、むしろ嫌っている節がある。昔聞いた時には、忘れたとか知らないとかではぐらかされたが、年齢をきちんと数えられているのだから、そういう事だ。

だから毎年、マリンの誕生日は祝う事なく、プレゼントを贈るだけに留《とど》めている。それも誕生日プレゼントの名目ではなく、ヴィオレットの気紛れとして……気付かれては、いるのだろうけれど。

二十歳の時は記念だからと万年筆を送ったが、普段は出来るだけ食べ物や消耗品を選んでいる。それは母に気付かれない為であったけれど、今年は別の意味で気を付けないといけない。マリンの場合は高価な物を渡しても重荷になりかねないので、出来ればあまり気取っていない物の方が好まれる。

「二十一、かぁ……」

細くて、身長よりも随分小さく見えた幼少の頃から、時は大きく過ぎた。子供が大人になるだけの月日を共に乗り越えて、今はまだ子供のヴィオレットも、もうすぐ大人にカテゴライズされる様になる。年齢以前に、学《まな》び舎《や》を卒業した時点で子供の代名詞は名乗れない。学生の身分を失った貴族に待っているのは、政治と統治、権力と見栄《みえ》の蟻地獄。

その頃には、もう自分は貴族でもなければヴァーハンでもないだろうけれど。

「……マリン達の事も、考えておかないと」

迫る一年の終わり、かつての自分が断絶された地点まで、もうすぐだ。二度目の一年が始まった時はまるで他人事みたいに考えていたし、心の何処かで、また寸断されるのだろうと諦めていたのだけれど。このままいけば、自分は三年生になる。

クローディア達は卒業してしまうし、メアリージュンとの婚約も纏まる気配すらない。

かつてとは違う世界、まだ経験した事のない時間が始まる。

始まった時、漠然と決めた未来。修道女になるなんて適当な進路を考えていたけれど、そろそろ真剣にならなければいけない。

この家を出るのは当然として、修道女になれるかどうかはまた別だろう。信仰心が自然に根付いている国だから、貴族の令嬢であっても聖職に就く事は出来る。あの父を捻じ伏せるだけの力は必要になるが、逆に父も問答無用で拒絶出来ないのがこの国の宗教である。大司教に話を持っていく事さえ出来れば、後はごり押しも可能なはずだ。

ただ問題は、聖職者にとって絶対に必要な条件を、神への忠誠と信仰を、ヴィオレットが欠片も持ち合わせていない事。神の花嫁ともいえる修道女になったとして、自分はきっと、生涯この恋心を捨てられない事。欲深く罪深く、でもそれを、心底悔いるだけの良心もない事。聖職者に相応しくない理由のオンパレードだ。

といっても、他に道がないならいくらでも嘘を重ねるとして、気がかりなのは自分の事よりも、マリンやシスイなどの世話になった者達の事で。

マリンを残していきたくはない。この家はきっと、マリンにとっても毒であったし、自分がいなくなれば尚の事、毒素は増し解毒方法はない。でもここを出たとして、マリンはどうするのだろうか。教会を飛び出して、この家に流れ着いた者に、修道女になろうなんて言える訳がない。だからといって、生まれも育ちも保証されていないマリンを雇ってくれる貴族がいるのだろうか。

頼みの綱は、ユランだけだ。一応、自分を通じて顔見知りではあるし、話だけでも通してみる価値はある。それは同時に、ヴィオレットの計画を打ち明けるという事で、彼への恋を、失恋に変換する儀式になるだろうけれど。

誰かの幸せを、願える様になった。誰かの事を、心配出来る様になった。自分が振り回したナイフが、傷付けたくない人をも巻き込む事を知った。得られた感情と同じだけ、与える想いについても考える様になった。失う事が寂しいと思えるくらいに、沢山のものを貰った。

終わりから続いた世界に、ちゃんと意味を見出す事が出来た。それだけで、この一年に価値はある。

「…………」

カップの底に沈んだ、一番甘い部分を飲み干した。胸にじんわりと広がる温さと甘さが、切なさと一緒に落ちていく。ゆっくりと、吸収されていく。

「……お腹、空いちゃった」

込み上げてくる何かを誤魔化す様に、わざと声に出してみた。お腹が空いているのは本当だけれど、別の所が満ちている感覚が心地良い。まだマリンは来ていないから、たまには、自分が呼びに行ってみようかなんて思ったりして。

神が計らったかの様なタイミングで、部屋の戸を叩く音が響く。
小さくて弱い、でも静かな部屋には充分な振動で。

「はい」

マリンだと思った。この部屋に来るなんて、彼女以外に想像出来なかったから。返事をしても入室して来る気配の無さと、声が聞こえない事に不審感を覚えて、他の使用人の誰かか、もしかしてメアリージュンなのかと逡巡《しゅんじゅん》した後、ゆっくりと扉を開いた。

人影は、小さい。次に綺麗な純白と、碧眼《へきがん》。この家でその特徴を持つのは、二人だけ。

「ごきげんよう」

人が愛と平和を連想する慈愛の笑みを携えて、その人は立っていた。

「――エレファ、様？」

125．覗《のぞ》かれた深淵《しんえん》に選択肢はない

この人は誰だろう——そんな、素《す》っ頓狂《とんきょう》な事を思ってしまった。顔も名前も知っているのに、話した事はほとんどなくても、自分の義母に当たる人なのに。

そう思ってしまうくらい、その人は、見た事もない程綺麗な笑みで立っていた。

「突然ごめんなさい。最近ずっと食事の席に来ないから、心配になってしまって」

「そう、ですか……申し訳ありません」

同じ事を、彼女の娘もよく口にする。体調が悪いのかとか、忙しいのかとか……心配だと、言葉でも態度でも伝えて来る。それを適当な相槌《あいづち》でかわしながら、自分の安息を優先してきた。メアリージュンに心配を掛けた事への小言は受けるけれど、父も誰も、ヴィオレットの出席率なんて内心は

どうだっていいのだから。こちらが譲る必要もないだろう、と。無理な我慢は精神にも体調にもよろしくない。

エレファは、父の側だと思っていた。いや、父以上にヴィオレットを透明人間扱いしているとさえ思っていた。ヴィオレットに対して、悪感情も見せない代わりに、興味もないのだと。父の様に恨み辛みをぶつけてくる事もせず、大袈裟でなく本当にそこにいる事すら認識していないのでは、という反応の無さで。

嫋《たお》やかに微笑んでいる、小さくて弱くて、多くの人が守りたいと思う聖母の様な女性。

さしずめ父は聖母に救われた信徒で、二人から生まれたメアリージュンは天使と言った所か。父はこの母子を世界の中心と定めて疑わないし、メアリージュンはその愛情を一心に受けていつでも自由に翔《か》けている。この人はそんな二人をただ笑って、包み込んでいる人だと、思っていたのに。

「勉強も大切だけれど、お休みもしないと駄目よ？　本番までに倒れてしまっては大変」

「そう、ですね。気を付けます」

メアリージュンのそれは、真綿を押し付けられる様な息苦しさだった。善意と優しさで出来た柔らかい何かで、ゆっくりと呼吸を制限されていく様な、苦しさ。それでもそこに悪意がないのは理解出来て、だからこそ、辛くて痛くて泣きたくなる。

今感じるのは、まるで針金を巻き付けられた様な軋《きし》み。縄の様に食い込む事はなく、身体のラインに添って形を変えてはいるけれど、関節の動きを封じられて、身動きがとり辛い。硬質な痛み、冷たさ、それ以上に、じわりじわりと侵食してくる得体《えたい》の知れない何かが恐ろしい。

メアリージュンとよく似た笑顔、声、言葉。なのに、何も感じない。

罪悪感を抱いてしまう様な柔らかさとか甘さとか、嫉妬に狂いそうになる幸福感とか、逃げ出したくなる眩《まぶ》しさとか。善性が滲み出た傲慢も偏見も、潔白過ぎる優しさも、何一つ。

その笑顔には、何もなかった。ただただ、こちらの何かを圧迫する、目に見えない何かが肺を押し潰して来る。

「今日はもう準備が終わってしまったみたいだけれど、明日からは少しくらい顔を出してね？　無理をしていないか気になってしまうもの」

「はい……そうします」

早々に会話を終えたくて、端的な受け答えで俯いた。万人が愛らしいと評する笑顔が、背筋をゆっくり這う感覚が悍ましくて。今すぐにでも、この人の目の前から消えたくて。

「急に来てごめんなさいね。それじゃあ、失礼します」

「は、はい。ありがとうございました」

明日からは、自室での食事を少し減らさなければならない。それが少し苦ではあったけれど、父の居ない分、小言はない。メアリージュンの話に相槌を打つだけであれば、攻撃されないだけまだマシだろうと自分を納得させた。

去ろうとするエレファの背に、肩の力が自然と抜ける。何がそんなに怖いのかと聞かれても分からないけれど、強いて言うなら、未知が恐ろしかった。笑顔で握手をしている逆の手に、凶器を忍ばせている『かもしれない』という、杞憂《きゆう》で終わるはずの不安。でもその不安で心が満ちてしまえば、空っぽの手にも拳銃が見えたりする。

「――あぁ、そうだ」

「ッ……！」

「美味しいお菓子をいただいたの。明日、一緒に食べましょう。甘い物がお好きなのよね？」

「それ、は……そうです、けど」

「楽しみにしているわね」

「あ……」

子供の様な無邪気さで、にっこりと笑った。会話ではなく、一方的な言葉の雨でヴィオレットをずぶ濡れにして。

水を吸った衣類の様に、身体中が重い。肩が痛い、関節が痛い、そして何より、呼吸をする度に肺が潰れる様に痛い。見えなくなった影が、いつまでも纏わり付いて離れない。震える手で何とか扉は閉めたけれど、その掌はべったりと汗で湿っていた。

知らない事が恐ろしいなら、知ってしまえばいいのかもしれない。どんな物も、理解が及べば対応出来るのかもしれない。無知であるのは愚かで、恥なのだろうけれど。

知らない事よりも、知らなかった頃に戻れない方が恐ろしいのだと——心の奥で誰かが叫んだ様な気がした。

126．幻覚

全ての準備を済ませたマリンが訪ねてきた時、ヴィオレットはソファの上にペタンと座り込んでいた。呆然とクッションを抱いて、一点を見つめたまま固まっている。慌てて駆け寄り、その肩に触れると、汗ばんでいるのに冷たくなっている。

「ヴィオレット様……！　どうなさったのですか、何処か痛い所が」

「マリン」

「少し待っていてください、今医者を」

「さっき、エレファ様が来たわ」

「――――」

視線はずっと同じ場所に固定されて、取り乱すマリンを落ち着かせる平坦な声色が、マリンの足を縫い付ける。油の注《さ》されていないブリキの人形の様に、ぎこちない動きでヴィオレットの隣に座り込んだ。見開かれた目は驚愕が浮かび、頬は背後から迫る何かへの恐怖で青白く染まっている。クッションを握り締める指に手を添えて、なんとかヴィオレットを慰《なぐさ》め様としているが、本当はマリン自身が波立つ心を宥めたかったのかもしれない。岩が落ちて来た水面の様に、いくつもの飛沫《しぶき》が音を立てる。何度も何度も、警告の様に。

「笑っていたわ。綺麗な顔で、可愛い表情で、優しい声だった。色んな人が思い浮かべる、お母さんそのものだったの。痛い事もされていないし、酷い事も言われていない。ただ、心配してるって、言われただけなの……それだけ、なのに」

マリンがあまりにも酷い顔をしていたからか、出来るだけ穏やかで険の無い声色を意識した。そうしないと取り乱して、文脈の整理もなく、箇条書きを投げ付けるみたいになってしまいそうだったから。

でも言葉にしたら、余計に混乱して意味が分からなくなった。笑っている、含みを持たせる事もなく、声の端々に隠された凶器だって見つからず、真実ただ心配しに来ただけの人。何処にも恐れる必要のない相手に、この心臓は息を潜めて死んだふりをした。頭から丸のみにされて、咀嚼《そしゃく》もされずにゆっくりと溶かされるんじゃないかって。蛙にとっての蛇とか、魚にとってのペリカンとか、そういうものを目の前にしている恐怖。空っぽの胃が、よく分からない不快感で膨らんでいく。

思い出した光景に飲み込まれない様に、ぎゅっと目を閉ざしたヴィオレットに、マリンは朝の事を思い出していた。

言い知れない恐怖、気が付いたら背後にくっ付いているかの様な、不気味さ。それが今、ヴィオレットが感じているのと同じものかは分からないが、二人ともがエレファに対して得体の知れない感情が噴き出したのは確かだ。

「……ヴィオレット様」

「…………」

ゆっくりと顔を上げて、マリンを見る目は頼りなく揺れている。顔色が悪いのも、体調より精神的な要因が大きいのだろう。そんな人に、これから自分の言う言葉は、慰めなんて優しいものではない。むしろその逆、傷口を広げかねないものだと、理解した上で。

「奥様には、お気を付けください」

言わねばならないと思った。それがたとえ、マリンの不安が見せた幻覚であったとしても。根拠なんてまるでない、杞憂であったとしても。胸に巣食うこの全てが、今のマリンの現実だから。

「分かりません、私にも、何も分からない。でも……、でも、ッ」

霧がかかった森では、岩が熊に見える事だってある。恐怖に駆られた人間が、足元の罠《わな》に気付かない事だって。正常でない脳は、目に見えない何かを作り出す。まるでそれが、実体を持つ何かの様に、錯覚させる。

「こんな事、言ってはいけない事だと分かっています。いたずらに、ヴィオレット様を不安にさせるだけで、証拠なんてない、私の思い過ごしかもしれません。先入観のせいで目が曇っているのかもしれない……でも」

——あの人は怖い。あの人は、何かが、怖いのだ。

「お願いです、どうか気を付けて、おねがい、お願いします」

何も求めないから、今更、改心も反省もいらないから、どうか放っておいて。
誰も、何も、この人を脅かさないで。

「おねがいだから、きずつけないで」

この世の何より、どんな痛みよりどんな不幸より。
この弱く脆《もろ》い人が、笑えなくなる事が恐ろしい。

「……マリン」

肩に縋り付くマリンの腕と、俯いた旋毛が小刻みに震えている。クッションを握り締めていた手で、ゆっくりとその背を撫でた。いつもとは逆、まるで子供がお化けを恐れている時の様に、二人で身を寄せ合って体温を感じ合った。安心をくれるはずの人の温《ぬく》もりに手を伸ばして、ただずっと、『何か分からない怖い物』から隠れる様に。

全部、疑心が見せた影であれば良いと、在りもしない神に願いながら。

127．夢なら終わる、現実は続く

「なんだか久しぶりですね！　こうしてお姉様と食事をするのは」

「そう、ね」

ニコニコと嬉しそうに笑うメアリージュンに、ぎこちなく口角を上げた。笑顔と言えるかは分からないが、幸い美しく整えられた顔は多少の不自然さも覆い隠せるらしい。一人で食べていた頃とは比べ物にならず、父も含めた四人で食卓を囲んでいた頃よりも更に落ちた食欲では、手に持ったパンを一口サイズにちぎるだけで限界だった。折角の料理が冷めてしまうのは分かっているが、今口に含んだら確実に飲み込めずに逆流してしまう。

「今日もお勉強してから帰ってくるの？」

「うん、テストも近付いてきたから、頑張らないと！」
「無理をしては駄目よ？　ちゃんと休憩も取ってね」
「ありがとう。その辺は全然大丈夫！　ユラン君が気が付いて言ってくれるの」
「ッ……」

ユランの名に、ぎくりと身を固くした。ほとんど条件反射みたいな物で、大切な人の名が苦手意識を持つ相手の口から出ると、どうしても驚いたり不安になったりするものだ。メアリージュンにはそんなつもりがないのは分かっているけれど、時に人は、無自覚に危害を加えるものだから。ユランが嫌な想いをしていないか、それとも、意外に話が合ったりするのか……どちらも想像したくない。

ユランならば大丈夫だと、何の根拠もない理由で自分を納得させたけれど、小さな羨望が芽生えたのも事実。

（最近、全然話せていないから……）

昨日も、結局会う事が出来なくて、小さなイメチェンの感想を貰う事は出来なかった。基本的に昼食時か、放課後に話していたのだけれど、今はそのどちらも埋まっている。特にユランは、メアリージュンとの勉強会に加えて、元々の顔の広さに拍車が掛かったのか、見掛ける度に違う相手と一緒にいたりするから。

テストが終わったら、沢山話せる。ユランがヴィオレットとの約束を反故にした事はないから、あんな口だけの些細な約束だって必ず実現してくれる。分かっていても、それまでの日数が恨めしくて堪らない。

出来れば彼の邪魔をしたくなくて、短い休憩時間では一言二言しか話せないだろうと、中休憩で教室を訪ねたりはしなかったけれど。

（少しだけ……顔だけでも見たい）

渦巻く不安は昨日よりもずっと薄れてはいる。今、目の前で笑っているエレファに、昨日の様な圧迫感はない。母と呼ぶには若く幼い愛らしさで、見た目通りの口調で、娘達との食事を楽しんでいるらしかった。

昨日の恐怖が、幻だった様にすら思う。全部、悪い夢だったのではと、錯覚しそうになるけれど。

こびり付いて離れない、マリンの辛そうな表情。震える身体。気を付けてくれと懇願する声。その全てが、夢ではなかったと訴える。あんなにも狼狽《うろた》えて、怖がった、幼子の様なマリンを、ヴィオレットは見た事がなかったから。楽観視しそうになる自分を、マリンの存在が引き留める。不安を忘れず、決して、心の盾を手放すなと。
得体の知れない、実体を持たない、恐怖心と警戒心。
こんな時に、こんな時だから、会いたい人。

（ちょっとだけ行ってみようかな……）

話せなくても良い、ただ、笑って欲しい。それだけで安心出来る、どんなに不安でも、安心出来る場所があると思える。それに、今日は無理でも、空いている時間で予定を合わせる事が出来るかもしれない。そんな事を考えて、一口よりもずっと小さい一欠片のパンを口に含んだ。

「ヴィオレットさんは、今日は早くお帰りになるんでしょう？」

「ッ、……え？」

「昨日お約束しましたでしょう？　お茶会をしましょうって」

喉に詰まりそうになったパン切れを何とか飲み込んで、エレファの言う約束を思い出す。昨日の去り際、彼女が言うだけ言って答えを聞かなかったあれは、約束と言えるのだろうか。恐怖に飲み込まれてすっかり忘れていたし、なんなら社交辞令の一種に捉えても可笑しくない一幕。

「二人でですか？　良いなぁ、私もお姉様とお茶会したいです！」

「メアリーはお勉強会があるでしょう？　それにヴィオレットさんは最近ずっと食事の席にも出ずに頑張っていたのだから、その労いも含めてですわ」

ねぇ？　とこちらを見る、エレファの瞳の奥に、熾火《おきび》の様な光が見え隠れしていた。昨日見た、今は鳴りを潜めている、大蛇の目。一瞬にしてこちらの思考も行動も封じてしまう、支配者のそれ。

「楽しみにしているから、早く帰ってきてね」

「、……は、い」

喉を絞められている様な息苦しさを感じても尚、逆らう事の出来ない何か。頷いた事に満足したらしいエレファは、ヴィオレットから視線を逸らして、楽しげに話す娘に相槌を打っている。磔《はりつけ》にされていた肺が漸く解放された様に呼吸はし易《やす》くなったけれど、盾を握る手がじっとりと湿っている事を自覚する。

震えそうになる身体を押し止めて、自分よりもずっと姉妹に見える親子のやり取りを眺める事しか出来なかった。

128．同じ道を辿った人

朝食を皆で取ったので、時間が足りずに、いつも通りの髪型のまま登校した。仮に時間があったとしても、今の精神状態では何をして貰ってもきちんと感謝を伝える事は出来なかっただろう。余裕をなくしておざなりになったありがとうなんて、マリンへの労いに相応しくない。

ほとんど逃げる様に家を出て、まだ人気の少ない校内で落ち着ける場所を探した。教室では人が増える度に思考が打ち切られてしまう。

辿り着いたのは結局、いつも一人でいた中庭の隅っこだった。

つい最近まで毎日の様に時間を潰していた場所だというのに、まるで遠い昔の事に思えてくる。


（ロゼットに出会ったのだって、そう前ではないのに）

ここで偶然出会った友人は、本当に綺麗な人だ。優しいけれど穏やか過ぎず、善人だが独善せず、領域の境目を自然と弁《わきま》えた振る舞いをする。生まれなのか育ちなのかは分からないが、土足で踏み込む事の許された境界線が目に見えている様だった。出会ってから一度も、ヴィオレットの心が踏み荒らされた事はない。

（後で、話しに行かないと）

いつも自然と放課後に会っていたが、今日はどうやらそれも出来そうにないから。まだ登校したばかりだというのに、既に帰宅するのが嫌で堪らない。勉強会なんて口実を使って、彼女と戯《たわむ》れていたい。怖い。

そういって駄々を捏ねてしまえたら、どれほど良かっただろうか。もっと幼く、分別とか諦めとかを知らない子供でいられたら、何も考えずに抵抗出来たのかもしれない。それが出来ない自分は、あの家の奴隷と同じだ。言われた通りの行動を、求められる反応を返さないと、沢山の痛みが飛んでくる。それに耐える事に慣れ、理不尽に対して怒りを覚える事にすら疲れてしまった。怖くて怖くて堪らないのに、自分の足で断頭台に上らなければならない。

「……大丈夫」

そういって、自分自身を慰める。握り締めた両手を額に当てて、何度も何度も深く息を吐いて。

怖い怖い怖い、何か分からない、何かが怖い。きっと誰に話しても不思議な顔をされるだけの、自分と、マリンだけが知る、未知の恐怖。底の見えない穴を覗いている時に感じる、落ちてしまいそうな不安。取り除く方法の無い感情には、耐えるか忘れるか諦めるかしかない。

「大丈夫」

握り締めた両手を額に当てて、逆立った気持ちを静めようとする。未だ落ち着きなく不安定な音を立てる心臓の音を聞きながら、ふと、欲が顔を出した。

（ユランの、所）

少しだけ、ほんの少し、顔を見るだけ。それだけで、涸《か》れた泉に勇気が湧き出る気がする。名前を呼んで貰えたら、きっと頑張れる。その衝動に、一度大きく息を吸って考えた。朝は、何時に登校してくるか分からない。だから授業の合間の休憩時間が良いだろう。お昼や放課後はきっと、お互いに予定が入ってしまっているだろうから。

瞼を閉じれば、笑ったユランが手を振っている。きっとすぐに駆け寄って来ようとするだろうから、それよりも早く、こちらから走って行こう。会いたかったのだと伝えたら、どんな顔をするだろうか。

「……大丈夫」

最後の言葉だけは、心が籠っている気がした。

※※※

三限目が終わって、十分程度の休憩時間。ヴィオレットはユランの教室を訪れていた。メアリージュンと会いません様に、なんて運にお願いをしたりして。廊下の端を通って、出来るだけ身を縮めながら、ユランの教室の中を覗き込んだ。

（……居ない）

自分の知っているユランの席にも、教室の中にも、捜している人影はない。身体の大きなユランは多少の人込みでもすぐに見つけられる。視界に入って来ないという事は、ヴィオレットが見つけられていないという訳ではないのだろう。約束もしていないのだから当然だ。勝手に思い込んでいたけれど、ユランが必ずしも教室に居るとは限らない。

正直、かなりがっかりしているし、なんならショックも受けてはいるが、こればかりは仕方がない。誰が悪いのでもなく、タイミングの問題だろう。肩を落として、教室に背を向けようとした時、こちらに気が付いた人影が軽い足取りで近付いてきた。

「ヴィオさん、何しとん？」

「ギア……えっと、ユランに」

キラキラと輝く銀髪を揺らし、いつ見ても可愛らしい顔をしたギアが、ひらひらと片手を揺らしながら首を傾げている。

何となく、『ユランに会いに来た』と素直に言うのが躊躇われた。ユランの友人であるギアに、ユランに対する好意を気付かれるのもそうだが、ただ単純に恥ずかしさが勝って。

言い訳が思い浮かばずに言葉を詰まらせたヴィオレットだったが、ギアが引っ掛かったのはそこではなかったらしい。怪訝という程でもないが、何かにしっくり来ていない様な表情で。

「ユランなら、今日は休みだぞ？」

「え？」

「知らんかったんか。てっきりヴィオさんには言ってあるもんだと」

あっけらかんとしているのは、元々の性格だろう。さっきの顔はヴィオレットが知らなかった事を意外に思っての事だったらしい。がしがし頭を掻いて、説明する言葉を探している。

「この時期だし、迷ったみたいだけどな。多分明後日かその次くらいには来ると思う」

「そう、なの……」

この衝撃は、何に対してのものだろうか。朝のメアリージュンの発言からして、急遽《きゅうきょ》決まった事なのか、ギアにしか言っていなかったかのどちらかだろう。なんにしても、ヴィオレットには寝耳に水である。ここ最近は遠くから顔を見たり、気付いたら手を振るくらいの交流しか出来ていなかったから、言えなかったのかもしれないけれど。

「なんか用だったんか？　急ぎなら俺が代わりに聞くけど」

「ううん大丈夫、ありがとう」

「そうか」

見送ってくれるらしいギアに手を振って、一年の教室を離れた。心とか、脳とか、考える器官が全部誤作動を起こしたみたいに、色んな気持ちが駆け巡る。

何で休んでいるんだろう。ギアの言葉から、体調不良とかではなさそうで、以前から計画していた様にも思えた。何も知らなかった。秘密にしていたのか、言う機会がなかったのか、どちらであってもユランに非は無いし、ヴィオレットに意見する権利は無い。何より、自分がショックなのは、そこではない。

(会えな、かった……)

それだけなのに、なんでこんなにも重いのか。辛い時に顔が見られなかったからか、欲しかった勇気を貰えなかったからか。

それもあるけれど一番は、自分が当たり前の様に、当然の様に、会いに行けば会えると思っていた事が重かった。恥ずかしかった。

自分から離れる日の事は簡単に考えられるのに、ユランから背を向けられる事を全く想像していなかった事が、身勝手で滑稽で。穴があったら生き埋めにして欲しいくらいに、自己嫌悪で身悶《みもだ》えしそうになる。

(上っ面ばかりじゃない)

失恋を前提にした恋だと言い聞かせて、いつか彼が誰かと幸せになるのを見守りたいと、何度も何度も思ってきた。その未来を想像して、聞き分けのいい姉のフリをして傷付こうとしていたくせに。実際は、自分が望まない所で手を離されると辛い悲しいと癇癪《かんしゃく》を起こす。まだここに居てと、まだ、私の心が決まるまでは、変わらないでなんて。身勝手にも程がある。

「ッ……」

座り込みそうになる足を叱咤《しった》して、なんとかその場を離れる。

鐘が鳴る前に教室には戻れたけれど、心の奥から染み出した嫌悪感は、切り替える事が出来なかった。

129．再燃

「さぁ入って。好きな所に座ってね」

「はい……」

歓迎の笑顔にぎこちなく頷いて、重い足取りで扉をくぐる。パーラーとして割り振られたそこは、ヴィオレットが実母と生活していた頃とそう変わりない。飾られている写真が家族三人の物になったくらいだろう。それも以前は、オールドの幼少期の写真がおびただしい数飾られていたのだけれど。

授業を終えて、すぐに帰宅した。ロゼットには、予定が出来た事をお昼に伝えたが、相当酷い顔をしていたのか、大丈夫なのかと何度も確認されるくらいに心配をさせてしまった。あの時はエレファの事以上にユランの事で落ち込んでいたけれど、今はもうこの空間が恐ろしくて仕方がない。

出来るだけ扉に近い位置のソファに座って、綺麗にセッティングされたテーブルの上を見る。運ばれてきたお菓子も、お茶も、きっと素晴らしいはずで、きっととても美味しくて。部屋で一人だったなら、笑顔で手を伸ばせたはずのそれらが、今は一つも喉を通る気がしなかった。

「沢山あるから遠慮しないでね」

「ありがとうございます」

黙ってジッとしている訳にもいかないので、とりあえず手近なカップを手に取った。赤みが強くて、フルーティーな香りが漂ってくる。ホットミルクか甘いミルクティーを飲む事が多いヴィオレットには、あまり馴染みの無いお茶だった。ベリー系のフルーツティーだろうか、恐らくエレファのお気に入りなのだろう。

ニコニコしながらこちらを見ているエレファの手前、誤魔化す様に何度もカップを口に運んだ。甘酸っぱい口当たりで、不味くも苦くもない。ただ好きかと言われれば、好みではなかったけれど。

（ホットミルクが飲みたい……）

マリンの淹れた蜂蜜たっぷりのホットミルクが恋しい。豪華な銘菓が目の前にこんなに沢山あるのに、ヴィオレットにとっての一番は、マリンが持って来てくれるシスイ手作りの甘味達だった。彼だって腕の良い料理人なのだから、美味しいのは当然かもしれないけれど、菓子職人としての経歴はヴィオレットの為に作る様になってからなので、本人にとってはまだまだ未熟の域らしい。

（早く、終わらないかな……）

制服から着替える為に部屋に戻った時の、マリンの泣きそうな顔を思い出す。行かないで欲しいと言いたげな、でも口に出せず苦しんでいる姿。出来るだけ笑顔で、なんて事ないという様に努めてはいたが、きっと自分も酷い顔をしていた。

警戒しようにも、何をどうしたらいいのかが分からない。

例えばこれが父相手なら、攻撃される事が分かっているし反論したら火に油、何を言っても曲解されて結局はあの男の信じた事が事実になる。メアリージュンだったなら、相手に悪気はない、悪気がないのが厄介ではあるが、攻撃としての言葉でない事だけは分かる。二人とも、こちらが望む通りの答えを言っていればそれで治まる。心を殺して合わせれば、後は時間が拘束を少しずつ解いてくれる。

でも、この人は違う。時間を掛ければ掛ける程、長く共に居れば居る程、ゆっくりと拘束されていく気がして。気が付いたら、手枷《てかせ》足枷《あしかせ》と共に牢の中にいた、なんて事になりかねないくらい。何も感じない、感じない事が恐ろしい。悪意があればすぐに気が付けるはずなのに、それすら、彼女には見出せない。

関係性を考えれば、嫌われていて当然だ。正直、オールドの様に分かり易く嫌ってくれていた方が、ずっと納得出来る。今までは、オールドと違ってエレファは無関心なタイプなのだと、勝手に理解した気になっていた。
それが突然、全速力で距離を詰められた。輪郭がぼんやり見えるくらいに離れていた相手が、急に触れられる場所まで近付いてきて。同時に、彼女から向けられる物が、美しい好意ではない事まで認識出来てしまった。

この人は、いったい何を――

「――私ね」

「ッ……」

「ずっと、貴方に会いたかったの」

そう言って立ち上がったエレファが、悠々とした足取りでヴィオレットの隣に腰を下ろした。二人が座ってもまだ充分に余裕のある大きさのソファだから、狭いとか窮屈に感じる事はない。対面していた頃よりもずっと近い、小指同士が触れる距離で、何処までも無垢で純然な笑顔がヴィオレットの瞳に映っている。

「本当は、ずっとこうして話したかったわ。でも彼、オールドは私やメアリーが貴方の傍に行く事をとても嫌うの……折角、こんなに近くにいるっていうのに」

ヴィオレットが後退っても、それ以上に距離が詰められる。ヴィオレットの背中が肘掛けにぶつかってしまえば、もう離れる術はない。

ヴィオレットの頬に、白魚《しらうお》の様な手が伸びる。滑らかで、白くて美しくて、ゾッとする程に冷たい。何度も何度も、頬の輪郭をなぞる。指の腹が顎に掛かって、逸らそうとした顔を許さないとばかりに押さえ付けた。


「あぁ――やっぱり」


うっとりとした、碧《あお》い目。溶けた金属を思わせる、どろりとした視線がかち合って、朝に見えた織火が再燃しているのが見えた。もしかしたら再燃なんかじゃなくて、初めから大きく燃えていたのかもしれないけれど。

もう片方の手が、ヴィオレットの瞼を撫でた。まるで宝物に触るかの様に、宝石の表面を確かめる様に。

ずっとずっと、彼女は笑っている。楽しそうに、優しく、子供の様な純粋さで。甘く甘く甘く、噎《む》せ返りそうな女の香りを纏って、嬉しくて堪らないと言った、恍惚《こうこつ》さで。聖母の仮面の下、ある日の影を見た。

同時に理解した、何故自分とマリンが、あんなにもこの人を恐れたのか。

「彼に、よく似ているわ」

――この人が、あの日々の悪夢と同じだったからだ。

130．鏡

撫でる手、映す瞳、名前を呼ぶ声。そのどれもが鎖となって、身体中に張り巡らさせる。痛くて重くて不自由で、身じろぎしただけで四肢が千切れてしまいそう。愛《め》でる手付きも視線も声も、全部が気持ち悪くて堪らない。人形の様に固まった自分を、嬉しそうに眺めるその顔が、嫌で嫌で仕方がない。

——助けを呼ぶ時は、なんと言えばいいのだろうか。

あの時も、そんな事を思っていた気がする。

※※※

お茶会はきっと、平和で和やかな空気のまま終わったのだと思う。

エレファは終始ご機嫌で、ニコニコしながらヴィオレットの隣に陣取っているだけ。髪に触れたり頬を撫でたり、距離が近いのはその通りだが、それが下心を含んだ欲でない事は察せられた。エレファが望んでいるのは、ベルローズの様な『愛する人の身代わり』ではないのだろう。今のヴィオレットはかつて程父の生き写しではないし、今更男を模倣した所で、それはオールドではなく男装の麗人でしかない。

何も強要されはしなかった。ただずっと、よく分からない愛を注がれただけ。かつてはあれ程求めていたはずの、そして今もきっと、渇望しているはずの『愛情』を。ドロドロとして、甘くて、舌が痺《しび》れる様な苦みがあって。吐き出したいのに、無理矢理に喉の奥に流し込まれてしまえば、飲み込まないと息が出来なくなる。

エレファのお茶会という名のお人形遊びは二時間程で終わりを告げた。笑顔が絶える事はなく、誰の口からも批難《ひなん》の声は上がらず、空気が軋む訳でもなく。

平和だった、和やかだった、綺麗に美しく終わりを迎えた――ヴィオレットの存在を生贄《いけにえ》にして。


「ッ……！」

パーラーを出て、真っ直ぐに向かったのはバスルーム。ベルローズが生きていた頃から、ヴィオレット専用になっている、屋敷の隅にある小さな部屋。他の浴室の半分程しかないけれど、一人で使うには充分な広さをしている。猫足のバスタブに、マリンが集めたグッズとヴィオレットの為のバスアメニティで彩られた、私室に次いだプライベートルーム。
もつれそうになる足で駆け込んで、磨き上げられた洗面台に縋り付いた。

「ッ、ゲホ……っ！　う、ッ……おえ」

腹の中をぐちゃぐちゃに掻き回されている様な不快感で、せり上がってくる吐き気に何度も咳き込んだ。洗面台での嘔吐《おうと》は良くないと、何処かで聞いた気がしたけれど、それを気にしている余裕もなく。ただ幸か不幸か、空っぽの胃からは何も出て来る事はない。
吐き出したいのは、この身体を巡る血液なのだから。

「ゴホ……ッ、は、ぁ……」

気持ち悪い——気持ち悪い気持ち悪い気持ち悪い。この身体の全部が、手も足も髪も目も、頭の天辺から爪先まで、全部全部気持ちが悪い。
洗面器に顔を突っ込んでも、口から出るのは胃液と嗚咽《おえつ》だけ。嘔吐感は絶え間なく襲ってくるのに、解消する方法が見付からない。いっそこの胸を開いて、心臓ごと抉り出してしまえたら、どれ程楽だろうか。体内を巡る血を全部、入れ替える事が出来たなら、どんなに。

「…………」

吐く事を諦めて、顔を上げれば目の前の鏡に映る、灰色の髪の女。

美しいのかもしれない。誰もが畏怖する程に、麗しく艶やかなのかもしれない。多くの人が望み、手に入らないと諦める様々な美を、兼ね備えているのかもしれない。目を引かれ、心奪われ、頭を垂れ傅《かしず》きたくなる、絢爛華麗な姿かもしれない。

こうしてボロボロになった姿ですら、粗末さよりも儚《はかな》さを連想させる。それがどれ程悲しい事なのかなんて、きっと誰にも分からない。何をしても絵になるなんて、何があっても、顧みられないのと同義ではないのか。

硬質で冷たい鏡、己を映し出す物。そこにいるのは、反転した自分自身。映る人の輪郭をなぞる様に、指を滑らせる。

目と髪の色。目の形。髪質。人に与える印象。成る程確かに、自分は父によく似ている。あれ程嫌い、嫌われた相手の面影を、自分自身に感じるなんて。

――こんな美なら、いらなかった。

「ッ……‼」

見たくない、欲しくない、消えて欲しい。その一心で、何度も何度も反転している自分を殴り続けた。当然の様に消えてはくれなくて、それでも殴り続けて、握り締めた拳の側面に血が滲んで。小さな音と共に、一本の亀裂がヴィオレットの姿を分断する。

「つぅ、う……」

切り裂かれた自分を見て、ずるずると滑り落ちる様に座り込む。痛いのか冷たいのか、もう何も分からない。どの感覚が正常に働いているのか、どれも壊れているのか、それすら判断出来ないくらいに色んな嫌悪が頭を駆け回っている。

この家が嫌いだ。母が、父が、嫌いだ。妹の事も、恨んではいなくとも好きにはなれない。一年前、自分を愛してくれなかった王子も、掌を返した友人も、ヴィオレットだけを悪とした司法も、助けてくれない神様も、全部全部、嫌いだった。

でも、本当は。今も、一年前も、そのずっとずっと前から。

この髪が、この目が、この身体が、この顔が。ヴィオレットという存在の全てが。

私は、世界で一番私が嫌いだ。

131．カウントダウン

「ヴィオレット様……？　ッ、!!」

どれだけ待っても戻って来ない主を捜して、色々な所を回った。エレファとお茶会をしたというパーラーはもう片付けが入っていたし、自室との距離を考えても、未だに戻っていないのは可笑しい。エレファの自室付近まで捜しに行ったが、その気配はなく、安心したと同時に心配も増した。

そうして、駆けずり回って見つけた人は、ヒビの入った鏡の前でへたり込んでいた。

「ヴィオレット様ッ、血が……っ、すぐに手当てをしないと」

糸の切れたマリオネットの様に、だらんと垂れた腕の先、掌外沿から滲んだ血がスカートに小さなシミを作っていた。切れたというより潰れた様な傷口と、薄い赤の判子が重なった鏡。その二つだけで、ヴィオレットが何をしたのか、簡単に想像が付いた。
華奢で白かった手を、痛々しい青紫と絞り出される赤黒い血が染める。ゆっくりと、出来るだけ刺激の無い様に触れた指先は、作り物の様に冷たくなっていた。

「ヴィオレット、様……」

触れても、呼んでも、答えがない。顔に掛かる髪を避《よ》けて、その頬に触れた。そこで初めて、弾かれた様にヴィオレットがマリンの方を向く。泣いているかの様に悲しそうで、でも涙の涸れた地では流れる物などなくて。ただ深く、暗い、感情の削ぎ落された果てが二つ。
いつか見た、今でも見る、悪夢の中の救えなかった少女がいた。耐えて耐えて、願って、いつの間にか全部を諦めていた人。諦めた事にすら気付けないくらい、その心を蹂躙《じゅうりん》された人。優しくて幼くて、でもきっと、ずっとずっと大人で。笑うとこの世の何よりも美しくて、可愛い人、なのに。

どうして誰も、この人を大切にしてくれない。

「ぁ、あ……、いや……嫌です、いかないで」

悪夢が、彼女を連れて行ってしまう。やっと、やっと心を取り戻した人を、頭から飲み込んでしまう。癒える事のない傷口を無理矢理にこじ開けて、いくつもの記憶が絡めとろうとしている。

必死に両手を回して、加減もせずに抱き締めた。その背中に立てた爪が、彼女の服に皺を付けてしまっても。ただ縋り付き、誰にも奪わせない様に閉じ込める。どうかここに居て、戻ってしまわないで。もうあの時の様な、見ているだけの子供ではないのだから。頼って、助けを呼んで、どうか自分にも、守らせてくれと。

「……マリン」

「ッ……！」

「大丈夫……大丈夫よ。私は、大丈夫」

何が、大丈夫だというのか。誰が、何が、何一つ。大丈夫な物なんて何もないのに。

「何処にも行かないわ。私は大丈夫……だから、泣かないで、マリン」

いくつもの水玉が頬を滑り落ちていく。視界が歪んで、鼻の奥が痛い。そして何より、胸の奥の奥が潰れた様だった。痛くて、痛くて、息をするのも辛くて。体温の名残を持った涙は、さしずめ血液の様だと思った。切り刻まれて、磨り潰されて、絞り出した痛みの証。

誰よりも大切なこの人の中で、自分は今も、巻き込んでしまった少女の形をしている。

弱みを見せて、頼って、愛してくれる。でもきっと、同じ痛みを持たせては貰えない。

あの日自分は、ヴィオレットに命を貰った。でもきっとヴィオレットにとってマリンは、痛みと苦しみを与えてしまった少女。ヴァーハンという毒沼に、引きずり込んでしまった子。

幸せを望まれている。傷付かないでと、想われている。愛されている。十二分に、伝わってくる。だからこそ、悲しくなる。幸せになって欲しい。傷付かないで欲しい。誰よりも愛している。同じ想いを、自分も彼女に抱いているのだから。


貴方が痛いと、私も痛い。貴方が苦しいと、私も苦しい。

貴方が一人耐えていると、私の心は張り裂けそうになる。

伝わらないのが悲しい。でもそれ以上に、その可能性にも至らないくらいに、ヴィオレットの心を踏み躙る全てが憎い。


（ここでは、駄目だ）


この家は、害だ。じわりじわりと蝕む毒だ。そして致死量を超える瞬間が、直ぐそこまで迫っている。

王子様を、ヴィオレットを愛する人を、ただ待っていられる日はもう残っていない。きっと、これが最後のチャンスだ。敵が一人少ない今しか、出来ない。ヴィオレットの卒業までの時間を想定していたが、あの男が戻ったら、マリンの腕はヴィオレットを庇う盾にすらなれなくなってしまう。

（何とかして、彼に連絡を取らないと）

学も力も持たない自分だけでは、夜逃げしたとしてもすぐに連れ戻されてしまう。準備に時間は取れない、コネを作っている時間もない。唯一信用出来るのは、あらゆる力と、ヴィオレットへの愛情を持つ顔見知りの共犯者。

ユランに取り次ぐ事さえ出来れば、彼は命を懸けてでもヴィオレットを守るだろう。

最悪、マリンが捕まったとして、ヴィオレットが逃げられたならそれで目的は達成される。

（あの男が戻るまで、後五日）

天国か地獄か——天秤の傾く先は、どちらか。

意地でも天国にして見せると、抱く腕に力を込めた。

132．個

幼い頃、朝になれば世界が変わっているんじゃないかって期待していた。色んな事が良い方向に転がって、恐れる物は何もない。誰にも傷付けられず、誰も不幸にならず、優しい世界になっているんじゃないかって。

そして太陽が昇り、丸まって眠っていた自分に気が付いて、泣きたくなる。

世界は変わらないし、変えられない。ただその瞬間を耐えて、耐えて、足元に転がる自分の骸達《むくろ》に知らないふりをする。いつの日か、目覚める事がなくなる日まで。

「おはよう、マリン」

「おはようございます。今日は少し肌寒いですね」

泣き叫びたくなる様な痛みでも、いつかは慣れてしまうものだ。それが繰り返されれば、慣れるまでの期間もどんどん短くなる。そうやっていつか、痛みすら感じなくなる。

昨日の全てが、夢だったかの様に穏やかな朝。夜は明けるし、雨は上がる。人はまるで希望の様に言うけれど、それは再び訪れる日没を、豪雨を、恐れる時間の始まりだ。

「膝掛けをお持ちしますね。必要なさそうでしたら送迎の者に預けていただいて構いませんから」

「ありがとう」

「包帯も交換しませんと。朝食の前になさいますか？」

「後にするわ」

「畏《かしこ》まりました。朝食の準備は既に出来ておりますよ」

昨日の今日で、平然とあの二人の前に座っていられる自信はなかった。マリンもそれを分かっていたのだろう。

微かに腫れたマリンの瞼の裏に、昨日の記憶がコマ送りで再生される。ヴィオレットの右手には綺麗に巻かれた包帯があって、白い肌をより病的に印象付けていた。

痛みはない……ただ感じなくなっているだけかもしれないけれど。昨日は腫れて、血も出ていた。マリンが手当ての最中ずっと悲痛に歪んだ顔をしていたけれど、見た目程酷い怪我ではなかったらしい。骨に異常がない事は確認して貰った。

（……うん、動く）

何度か握って開いてを繰り返してみたが、特に問題はなさそうだ。学生の身分で一日酷使された後は、どうなるか分からないけれど。

マリンは傷が残らないか気にしていたが、ヴィオレットにとっては今更な話だ。成長と共に消えていったが、少年だったヴィオレットには常にいくつもの傷があった。活発だったらしいオールドの幼少期と同じ様に過ごし、同じ傷を作り上げ、同じ様に治癒していったのだから。時には母の爪が食い込んで血を流した事もあった。オールドとの僅かな差異にも神経質だったくせに、自分が付けた傷には嬉しそうに笑う、そんな人だったから。

蝶《ちょう》よ花よと育てられた箱入り娘ではない。箱に押し込まれただけの人形だ。飽きられたから捨てられて、別の人の下に置かれる。必要とされる事は、喜ばしい事なのだろう——ただの人形であったなら。

ヴィオレットは人間だ。残念な事に、多くの人が、それに気が付いていないけれど。

（どうすればいい？）

少なくとも後一年、この家で過ごさなければならない。エレファが自分にどういう感情を抱いているのかは、何となく理解出来た。ただ、何を望んでいるのかが分からない。今のヴィオレットはただの父親似の娘でしかなく、似てはいても生き写しからは遠ざかり、もう近付く事はないだろう。そもそも、エレファがそれをヴィオレットに望む必要はない。ベルローズとは違って、エレファはそもそもオールド本人に愛されている。わざわざ愛する男と別の女との間に生まれた子を、似ているレベルの偽物にするメリットが何処にあるというのか。

人形であった頃と同じだとしても、切れた糸が元に戻る訳ではない。新しく繋がれたとして、その先に求められる物は何だ。

いずれにしても、エレファが望んだなら、オールドは当然の様にヴィオレットを差し出すはずだ。そうなってしまえばもう——この家から己を断ち切る手段は失われる。

（……頭が重い）

圧し掛かる何かで、思考が遮られる。どうすれば良いのか、考えようとする度に鈍い痛みが邪魔をする。まるで全部が無駄だとでも言いたげに、諦めろと、積み重なった経験達が叫んでいる。聞いては駄目だと分かっているのに、もう足が動かない。耳を塞ごうにも、腕を持ち上げるのすら億劫で。
輪郭が滲んでいく。ゆっくりと、溶けていく。
水に沈む氷の様に、何かが、形を失っていく気がした。

133．罪と罰と、後悔と決断と

「行ってらっしゃいませ、ヴィオレット様」

「行ってきます」

ゆったりとした動作で振る手には、昨日自分が施した治療の跡。今朝も替えたばかりの包帯が穢れなく、太陽の下、嫌になる程真っ白く輝いていた。
ヴィオレットの手当てをするなんて、何年ぶりだろうか。ベルローズが生きていた頃は、彼女が施した雑な治療の後、傷痕が残らない様に丁寧に消毒したりガーゼを清潔な物に交換したりと、割と頻繁だった気がする。女性としての成長期には、医療目的以外で包帯を使い、ヴィオレットの骨が悲鳴を上げるまでその胸元を締め上げた事もあった。当時はまだマリンも栄養不足の名残で力が弱かったからか、ベルローズの目論見《もくろみ》通りの結果にはならなかったけれど。

ベルローズがヴィオレットに興味を失ったのと同時に、ヴィオレットは怪我をする事がなくなった。時折小さな切り傷を作る事はあっても、瘡蓋《かさぶた》も出来ない様な小さなもので。

彼女の怪我の原因は、あの母だったのだと思い知った。

かつてのヴィオレットの二の腕や背中には、いくつもの爪の痕があった。時には血が滲んで、服を着ただけで痛む様な物も。それがこの家の歪みで、彼女に刻まれた恐怖。愛に擬態した毒は、まだ彼女の体内に残されたままだ。

マリンを安心させようと微笑んだヴィオレットが送迎の車と共に離れていくのを見送って、腹の前で組んだ手に力を込めた。心が壊れれば壊れる程に、あの人は硝子細工の様な美しさを纏う。こちらが唖然《あぜん》とするくらいに、凍えそうになる、温度の無さで。

今はまだ憔悴《しょうすい》が滲んでいる。まだ、痛みを感じる正常な器官が動いている。救われたいと、心の何処かで望んでくれているはず。

(まだ、間に合う)

この決断に至るまでが長過ぎた。もっと早くに決断していればと、後悔しない訳ではない。それでも、今行動しなければ、後悔がただの失敗で終わってしまう。

今、出来る事をしなければ。

※※※

掃除道具を持って、人気のない廊下を歩く。昼食の準備だったり、午前の家事を終えての休憩中だったりで、擦れ違う人の少ない時間帯。ヴィオレットの部屋とバスルームの掃除、洗濯はもう終えている。ヒビが入ってしまった鏡は取り外して、新しい物を見繕っている最中だ。

いつもならば、備品の確認や屋敷全体の掃除に切り替えて仕事を探す。もしくはシスイの手伝いで皿洗いやゴミ出しをしたりとか。食材の調達から調理まではキッチンスタッフだけで完結させるが、それ以外の雑事なら適当に振り分けて貰える。

マリンの進む方向には、キッチンはおろかヴィオレットの部屋も、使用人の休憩スペースもない。

向かうのは、今は主の不在で開かれる事の無い、オールドの書斎である。

鍵は、管理室に保管されていたスペアを持ち出した。一応目くらましに適当な鍵と入れ替えたが、使う人間がいない今ならバレる可能性は少ないだろう。執務室であったなら、オールドが不在であっても厳重に管理されているが、書斎はオールドが主に使っているだけで、使用の制限は設けられていない。ただベルローズが生きていた頃は常に鍵が掛けられており、今はオールドの手にその鍵が移ったので、彼以外がこの部屋に入る事はないのだけれど。

ヴィオレット付きのマリンには、その前を通り過ぎる機会すらなかった。ヴィオレット側と、他三人と共に来た側との間には、見えない壁がある。こちらもヴィオレットの事に関わらせたくないのと同様に、向こう側の使用人達も、マリンの事を信用してはいないはずだから。そういう暗黙の了解で成された境界線が、この家にはいくつも存在している。

（……良かった、見張りとかは、いない）

挙動不審にならない様に、あくまで自然を装って、書斎の扉の前に立った。下手に周りを気にしては目立ってしまうから、流れる様な動作で鍵を開けて中に滑り込んだ。
大きな窓と、壁一面に本が並んだ、重厚な作り。何処となくオールドを連想させるのは彼が使っているからなのか、それとも彼が自分の使い勝手に合わせて整えたのか。かつてを知らないマリンには分かるはずもないけれど。埃一つない、綺麗な室内だ。きっと最近も誰かが手入れをしたのだろう。カモフラージュとして掃除道具を持って来たが、活躍の場はないらしい。おかげで探し物に集中出来る。

「にしても、数が多い……」

壁を埋める背表紙の数に、始める前からうんざりしそうになった。どうやら多くが一般書籍の様なので、確認する必要はない様だけれど。

（ユラン……クグルス、だったはず）

マリンがこの部屋に来たのは、ユランへの連絡手段を得る為だ。

以前、この部屋の掃除担当者が別の使用人に話しているのを耳にした。新しい住所録が出来たから、この部屋の何処かに仕舞うのだと。それがどういった物なのかは分からないが、横も縦も繋がりが強い貴族という制度、社交界という世界なら、名簿の様な物があったとしても何ら不思議ではない。

出来るだけ物音を立てず、余計な物を触らず、素早《すばや》く背表紙をなぞっていく。

「……あった」

それはあまりにも簡単に、いっそ拍子抜けする程簡単に見つかった。本棚の一画にある、観音扉付きの場所。分厚い背表紙が並んだ最下の列の一番端の新しい一冊。恐らく歴代の住所録が並んでいるのだろう、最上段の一番端はもう背表紙の文字が擦り切れ過ぎていて、触れたら崩れてしまいそうな危うさがある。

本棚自体の鍵も警戒していたが、部屋ごと閉じているからか、少し重いだけで簡単に開ける事が出来た。

手を伸ばすと、分厚さから想像出来る重量が、マリンの掌に圧し掛かる。紙とインクの匂い、閉ざされた中で漂っていたそれが、解放されて室内に紛れていく。

「…………」

これから行うのは、使用人が一番侵してはいけない領域だ。主の信頼を踏み躙り、家を任されている立場を悪用する、最低の行為。他の使用人への印象まで悪くなるだろう、誇りを踏み潰す事にもなるだろう。何より一人の人間として、罪を犯す事になる。

罪も罰も、恐ろしくはない。自らの行いを、悔いる事もない。

「お許しください——ヴィオレット様」

ただ、あの人が知ったなら、きっと悔いるのだろう。自分がマリンに罪を犯させたと、泣いてしまうかもしれない。

「はー……」

瞼の裏にちらついた泣き顔を、大きく息を吐いて振り払う。目を開けるのと同時に、欠片の罪悪感も消し去った。

全てはマリンが望んだ、マリンが決めた行動。誰のせいでも、誰の為でもない。

ただ貴方の幸せをこの目で見たい、私の自己満足なのだと。

134．救えるのは自分だけ

扉の隙間から、可能な限りの周囲を把握する。人の影も気配もない事を確認してから滑り出て、後ろ手で音を立てない様に扉を閉めた。何食わぬ顔で施錠を終えたら、掃除道具を抱えて俯きがちにその場を去った。滞在時間は十五分にも満たなかっただろう。

使わなかった掃除道具はそのまま片付けて、向かったのはヴィオレットの私室。仕事は全て終わっているが、人目を避けるのにそれ以上適した場所が思い付かなかったから。

「ふぅ……」

静まり返った、慣れ親しんだ部屋に、意識せずとも肩の力が抜ける。本来ならば一番緊張すべき主の私室だが、ここはマリンにとっての城でもあったから。多くの苦悩が詰まってはいても、細かい小さな幸福だってあった。そういう、思い出の場所。

意識しなければほとんど動く事の無い表情筋は、いつもと同じ能面の様に固まったままだ。それでも、手を当てた胸の下にある心臓は、さっきから強く大きく速く、過剰な運動を続けている。耳の奥で響く鼓動は、本当に自分にしか聞こえていないのかと不思議になる程うるさくて。

ポケットの中に突っ込んだままの利き手の中で、くしゃりと音を立てた物の存在を思い出す。

「…………」

そろそろと、まるで硝子《ガラス》細工でも扱う様な手付きで、ゆっくりと取り出したそれは丸く皺を寄せていた。いつも使っているメモ用紙の切れ端に、いつも使っている万年筆のインクが滲んだもの。屑籠の中身と変わりないそれが、動悸《どうき》が激しくなる程に重く感じた。

皺を一つずつ伸ばす様に、万が一にもインクが擦れて読めなくなってしまわない様に、慎重に広げたそこにあるのは、走り書きされた数字の羅列。

クグルス家の——ユランに繋がる、唯一の連絡手段。

(後は、これを使うだけ)

正直、ここからの計画はほとんどが真っ白だ。ヴィオレットを逃がすという目的だけが先行して、他の事を何も考えていなかった。ただ、ここに居てはヴィオレットが殺されてしまうから、それだけは防がなければならないと躍起になっているだけ。

力を持たない事を、これ程悔やんだ事はない。心だけはあるのに、それでは誰も救えない。世界を変えるのは愛ではなく、権力と金なのだと、ずっと昔から知っている。

ヴィオレットの幸せの為に動くのは、ユランも同じだ。知人未満顔見知り以上の相手ではあるが、そこだけは信頼出来る。マリンには心しかない。ユランは、心も力も持っている。身勝手に頼る事にはなってしまうが、出来ない事にばかり目を向けて手をこまねける猶予《ゆうよ》はない。

力が欲しい、仮初《かりそめ》であっても、一時であっても。ただヴィオレットを、この家から引き剝がすだけの力があればそれで充分だから。


(その後の事は、お願い致します)


無責任でも何でも、構わない。ヴィオレットをユランに放り投げるだけの形になっても、自分と彼の向く道と望む世界はきっと同じだ。外の世界でヴィオレットを守り、沢山の物を与えたのはユランで、おかげでマリンは沢山の笑顔を見る事が出来た。

ただ唯一、彼の手の届かない場所。悪魔が蔓延るこの家で、動けるのはマリンしかいない。きっとユランは、まだ知らないから。弱音を吐かずに諦めるヴィオレットが、毒にやられている事実を大切な人に告げるはずがない。彼女の態度でユランが察するまで待つ時間も、無い。

（夜……夕飯の後がいいか）

今の時間帯では、ユランも学生として勉学に勤しんでいる事だろう。出来れば折り返しの電話を待たずに話したい所だ。折り返された電話に、マリンが出られない可能性があるから。敵だらけの家で色んな事を警戒すると、身動きがとり辛くてかなわない。スパイか何かの様だが、実際は属している組織がそもそも敵という、何とも厳しい立ち位置だけれど。

（……どうか、成功して）

メモを両手に挟み込み、祈りを捧げる。教会で育ったからか、自然と手を組んで天に祈ってしまうけれど、信仰心があるかと言われればそうではない。生活の中に組み込まれていたから、覚えただけの動作だ。神を信じていたら、自分は今ここにはいない。

全部が全部、良い方向に変われば良いと、無理をして楽観的な光景を思い描いた。救われたヴィオレットが、愛する人と笑い合う光景を。愛し、愛される未来を。当たり前に、生き続ける世界を。なんて幸せなのだろう。その傍らに、自分はいないかもしれないけれど、構わない。何処にいたって想う事は出来る。ヴィオレットの幸せが確約されるなら、距離の問題は無に帰す。瞼を閉じれば、思い浮かぶ笑顔だけで、幸福だ。

愛だけで誰かを救う事は出来ないとしても。

この愛があれば、私は何処に居ても救われるのだから。

135．期待

その日、ヴィオレットの帰宅はいつもと同じ……少し遅かったかもしれない。家に居たくないという思いが足を重くさせているのは間違いない。食事も部屋で取る様に、こちらで勝手に変更したのだと伝えたら、ホッとした様な、でも不安そうな顔で微笑んでいた。エレファの言葉が、ヴィオレットの中で毒を撒き散らしている。出来るだけ一緒に、といった言葉に深い意味はなかったらしく、欠席を伝えてもただ笑顔で頷くだけだったけれど。その余裕が、余計に恐ろしく思う。

執着している様で、独占したがる訳ではない。目の前にいるヴィオレットを愛ではしても、束縛したがる訳でもない。一見すると、義理の娘との距離を縮めたい義母の構図だ。内に秘めている感情は、そんな可愛らしいものではないだろうに。

「シスイさん、ヴィオレット様の分、もう盛り付けてしまいましたか？」

「いや、今からだけど」

「食欲がないそうなので、少な目でお願いします」

「了解。……なぁ、マリ」

「……まだ、大丈夫かと思います」

「なら良い。マジになる前に言いに来いよ」

「はい」


てきぱきと作業をこなしながら、マリンの表情を一瞥《いちべつ》したシスイは、静かな声でそう言った。ヴィオレットの食欲不振の原因は、今の所精神的なものだろう。他の者には体調不良だと言ってあるが、それが事実になるのも時間の問題だ。ヴィオレットは病弱ではないけれど、心と身体は相即不離《そうそくふり》で、気持ちが弱ると身体もゆっくりと沈んでいく。

ヴィオレットの身体を支えるシスイとしては、出来るだけ早い段階で対策を講じておきたい。人の血肉は食べた物の末路で、心と身体は密接だからこそ、身体の好調が心を立て直す事もある。そこを担うのがシスイの責務で、何よりも優先すべき仕事だ。

そして揺らぐ精神を支えるのは、マリンの使命で本分だ。

※※※

昼と同じ、廊下に人気の少ない時間帯。ヴィオレットの夕食後の片付けを済まし、空いたお皿達をキッチンに運んだ後。いつもならそのまま皿洗いを手伝って、その後でヴィオレットの入浴を手伝うか、入浴後の準備をするか。ただ今日は、手伝う時間を別の事に当てなければならない。

「シスイさん、ここお願いしても構いませんか」

「あぁ、構わないけど」

「ありがとうございます、失礼致します」

挨拶もそこそこに、速足でキッチンに背を向けた。急いでいるつもりはなかったが、焦りでどうしても気持ちが逸る。皆がそれぞれの持ち場で仕事に勤しんでいるだろうこの時間帯は、それ程長くは続かない。食事の後片付けと、入浴の準備が終われば、廊下を行き来する人は増える。四人の世話をするのに余りある人数だと常々思っているが、ヴィオレットが多くを自分でしてしまうだけで、本来は一人に何人もの侍女や執事が付くものだ。ヴィオレットの場合は母がヴィオレットに近付く者を極端なまでに嫌っていたから、今でもマリン以外を傍に置こうとしないけれど。

カツカツカツと、鼓動と同じリズムで足を動かす。それ程大きな音ではないが、人目を意識しているせいか嫌に耳に障った。絨毯《じゅうたん》も敷かれているのだから、実際はほとんど無音であるはずなのに。

この屋敷に電話は三つ。一つ目はオールドの仕事場である執務室、二つ目は事務室。こちらの二つはマリンが使うにはリスクが高い。一つ目は言わずもがな、二つ目は部屋の用途上、人に聞かれ易いという難点がある。結果として、マリンが選べるのは三つ目の、ホールに置かれた物だけだ。ほとんど受ける為だけに置かれたそれは人が使う事も少なく、声が響かない様に気を付ければ内容を聞かれる心配もない。

吹き抜けのホールに出ると、予想通り誰もいない。人の気配や音は遠くにあるけれど、静まり返っているよりも安心出来る気がした。日が沈んだ後の人気の無さは、逆に不安と恐怖を誘うから。

猫足のチェストの上に載った、無駄にごてごてとしたデザインの受話器を取る。性能はどれでも同じであるはずなのに、マリンが教会にいた頃に見た物よりずっと大きく、正直重い。支えがないとすぐに手が疲れてしまう。

ダイヤルを回して、送話口に手を添える。何度目かの発信音の後、プツ、と繋がる音がした。

――クグルス邸です。

柔らかで静かで、それでいて正しい響き。一語一語の発音が美しいからか、電話を介しても聞こえ易い女性の声。いつもより少し高めに設定するのは、きっと何処の家でも同じだろう。顔が見えない相手に、少しでも自分の機嫌を良い方に認識して貰う為の術だ。

「突然のお電話で失礼致します。私、ご子息であるユラン様の知人で、マリンと申します。ユラン様にお話ししたい事がございまして、お取次ぎ願えませんでしょうか」

一息で言い終えた文章を顧みるだけの冷静さは、もう残っていなかった。限界まで急《せ》いた心臓の音が頭に響いて、数秒の沈黙でさえ終わりがない様に感じる。弾みそうになる息を何とか抑えて、まず何を言うべきか脳をフル稼働して選び出す。

額に滲んだ汗が滑り落ちて。電話口の声が、不安定に揺れた。

――申し訳ございません……ユラン様は現在外出しておりまして。

「え……？」

――ご帰宅の予定は二日後となっております。

「……そう、ですか」

――言付《ことづ》けがございましたら、承ります。

「い、え……大丈夫です。また電話します」

――畏まりました。

「ありがとうございます。失礼致します」

見えない相手に頭を下げて、人の声の聞こえなくなった受話器を元に戻す。重い機械を下ろせたはずなのに、今の方がずっとずっと、心が重い。

(大丈夫、落ち着け、まだ大丈夫。二日後ならまだあいつは帰ってきてないし、まだ何も気付かれていない。時間さえあればまた――)

胸を突き破りそうな鼓動に手を当てて、何度も息を吐いた。大丈夫だと、自分に言い聞かせて。ぐるぐると攪拌された脳が、焦りと混乱でゆっくりと冷やされていく。

「あら、マリンちゃん」

「ッ……⁉」

それは、冷静になれていると錯覚するけれど、実は普通に焦るよりもずっと視野が狭くなっている証拠なのに。

136．視野の外

「どうしたの？　電話？」

「……奥様は、どうしてこちらに」

「オールドの声が聞きたいなと思って。きっと彼も寂しがっていると思うから」

はにかむ笑顔は、きっと可愛いのだと思う。結婚しても恋をしている、理想的な夫婦と言えるかもしれない。親としては絶望的な人間性だが、二人の世界では大した問題ではないのだろう。柔らかな色合いで構成された視界では、見えない部分がどれだけ暗くても関係ないのだから。

オールドの名前に、強張りそうになった身体を必死に律した。下手な反応をして、余計な情報を誰にも与えたくはない。

オールドも、エレファも、マリンにとって理解不能な思考回路をしている。どんな曲解でも思い込んだ本人にとっては真実だ。マリンの行動の先にはヴィオレットがいて、批難されるのは主。だからこそ命令出来る立場が生まれるし、雇用における様々な権利を有している。ただ厄介な事にマリンの主はヴィオレットだが、雇用に関する権限を持っているのはオールドで。その不自由さのせいで身動きが取れず、マリンにとっては人質《ひとじち》を取られているのと同義だった。ヴィオレットの精神を脅かさない為に、百回殺しても足りない人間を一度も殴らずにいたのだから。

「お邪魔をして、申し訳ありませんでした」

「邪魔だなんて、そんな事はないわよ」

このまま何とか、彼女の意識を外したい。そのまま忘れてくれたら一番良い。たかが使用人一人に、雇用主が気持ちを割かなくていい。廊下を彩る装飾と同じ、一瞥したら興味をなくす様な存在として捉えてくれればいい。だからさっさと、自分から視線を外してくれと。

「では私は、仕事に」

「マリンちゃんは、誰とお話ししていたの？」

背中に嫌な汗が伝った。表情が変わらないのはいつもの事だから、笑えずとも違和感はないだろうけれど。下げようとした頭が中途半端な位置で止まって、視界の上部に口角の上がった唇が見える。

きっと大した意味なんてない。相手がマリンでなくとも聞いたであろう、当然の疑問だ。掛かってきた電話を受けただけにしても、家の人間に取り次ぎも報告もないとなると、気になっても仕方がない。仕事であれば事務室の電話を使うはずだから、余計に。

こうなった時に備えて、いくつかの言い訳を用意していたはずなのに、さっきからそれを思い出す事も、新しく考え出す事も出来ない。自分はこんなにも臨機応変な対応が出来ない人間だっただろうか……いや、むしろ得意なタイプだったはずだ。焦っただけであれば、きっともっと上手く立ち回れたはず。

例えば、これが、メアリージュン相手であったなら。こんなにも恐ろしくて、頭が真っ白になったりしなかった。

蛇の幻覚が、首筋をゆっくりと這いずっている。力もなく、締められる事もないはずなのに、ひんやりとした何かに急所を晒《さら》している様な不安感。瞬《まばた》きも出来ずに、ただ固まる事しか出来ない。息がし辛い。苦しい。

筋肉が縮んで、声にならない空気だけが抜けていく。何でもいいから、言わないと。水分が蒸発した喉に鞭《むち》を打った、時。

「マリ」

「ッ……！」

後ろから、低い音で名前が呼ばれた。この家でただ一人だけの、愛称にもならない呼び方で。ゆっくりと振り返れば、清潔さと動き易さだけを考慮した、真っ白なコックコートの影。

「シスイ、さ」

「悪いな、わざわざホールの電話使わせて。もう済んじまったか？」

「え？」

「新しい鏡を頼むって言ってたろ」

雑なオールバックを掻きながら、ジッとこちらを見るエメラルドグリーン。適当なこの人は、話していても作業を続ける人だから、こうも長い間視線を合わせる事をしない。いや、そもそも、こんな丁寧に説明をする事自体が無い。伝われば良いと言いながら、言葉が少なくて誤解を与えるタイプだから。

話を合わせろ——そう、言われているのだと、気付いた。

「鏡……？」

「奥様もいらっしゃったんですね。話し中申し訳ありません」

「いいえ、大丈夫よ。鏡が駄目になってしまったの？」

「劣化してヒビが入ったそうで」

「まぁ、大変。怪我はしなかった？」

こんなにも饒舌《じょうぜつ》に、澱みなく嘘を吐ける人だったのか。思わず状況と立場を忘れて感心してしまった。ヴィオレットの怪我の事はシスイに伝えてあるし、きっとその理由についても見当が付いているはずなのに。そのどちらも、きちんと隠した上で事実も交えた作り話。

シスイの登場に驚いていたエレファも巻き込んでしまえば、後はマリンの補完で完成する。チラリと一瞥された意味は、伝わった。

「……はい、誰も傍にはいませんでしたので。ただ危ないので早急に交換をしませんと」

「それが良いわ。新しいのはもう手配出来たの？」

「はい。先程頼みましたので、すぐに届くかと思います」

「私が事務室の電話を使っていたので、彼女にはホールに行って貰ったんです。こちらは済んだので呼びに来たんですが、少し遅かったみたいですね」

「いえ、問題なく注文出来ましたので」

「そうか……では、私達は仕事に戻ります」

「お仕事、頑張って」

「ありがとうございます」

綺麗な一礼の後、くるりと踵を返したシスイに倣って、今度は最後まで頭を下げてから先を行く背を追った。

137．星に願いを

人影が見えなくなるまで、無言で歩いた。背中しか見えないシスイがどんな顔をしているかは分らないが、離される事も追い越す事も出来ないあたり、歩調を合わされているらしい。こちらも言いたい事が残っていたので、意見も言わずについて来た。

どんどん奥へ、元々人気はなかったが、さっきまで遠くに聞こえていた声も今はなく。静まり返った空間は、切り離された世界へと続いているみたいだった。といっても、屋敷の間取りは完璧に頭の中に入っているし、シスイの向かう先にはある程度の予測はついていたけれど。


キッチンを通り過ぎて、パントリーを抜けて、勝手口から外に出る。裏庭というか、マリンにとっては仕事場の一部だ。

屋外用ゴミ箱の上に腰掛けたシスイが、ポケットから小さな箱を出して、中から一本を引っ張り出す。指よりも細い、白い棒。一見すると煙草《タバコ》にも見えるし、シスイの見た目もヘビースモーカーがよく似合うのだけれど。

「ん」

「ありがとうございます」

差し出された箱から一本抜き取って、ぺりぺりと包装を剥いていく。近くで見なければ煙草と見間違えそうだが、指で触れて匂いを嗅げば、その正体はすぐに分かる。真っ白い紙を剥いだら、中は茶色くて香りは甘い。口に入れればより甘くて。初めて見た時は、煙草と間違えて苦言を呈した物だ。洗濯物に匂いが付くから別の所で吸ってくれと。まさか無言で口に突っ込まれたそれが、シスイお手製のチョコレートだとは思いもせずに、驚いて吐こうとしたのをよく覚えている。味覚が鈍ったら嫌だと、煙草は吸わないし、お酒も料理以外では口にしないのだと、その時聞いた。彼にとっては娯楽も嗜好も仕事も同列であるらしい。

それでも、わざわざチョコレートを持ち歩く様になったのは、ヴィオレットの口直しの為だ。ベルローズの指示以外で物を食べさせて貰えないヴィオレットの為に、隙を見ては、ヴィオレットが好きな甘いお菓子を渡せるようにと。溶ける前には自分で食べていたからか、今でもその癖は続いているらしい。

「さっきは、ありがとうございました……助かりました」

「割とギリギリだったけどな。仕事片付けてたら姿が見えなくて、正直焦ったが」

「……気付いてらしたんですか？」

マリンのしようとしている事、考えている未来、それに伴った行動も、彼はまるでお見通しと言わんばかりだ。何を考えているのか分かり難《にく》い人だが、それはマリンだって似た様なものだと思っていたのだけれど。

「ここ最近のお嬢様と、マリの様子で、なんとなく。ただの勘だったが、当たってたみたいだな」

咎めたり窘《たしな》めたり、諭す事もせずに、無関心にも近い平淡さ。でも本当はきっと、心配を掛けたのだと思う。そうでなければわざわざ助け舟を出す為にマリンを追いかけて来たりはしないだろう。誰彼構わず手を差し伸べる人ではないし、むしろ自分の容量について、シビアな見極めをするタイプだから。

この自己犠牲も、同じ様に感付かれているのだろうか。自己陶酔と咎められるか。愚かだと呆れられるか。どれであっても、もう止まる事は出来ないし、止まらないのだけれど。言い訳もしない代わりに、肯定もせず黙っているマリンに、シスイは何を思ったのか。

シスイだけが知るヴィオレットがいて、この家があって、マリンがいる。
それと同時に、マリンしか知らない、ヴィオレットがいる。
そして二人ともが、理解している。この家では、一般的な常識や価値観は、足枷にしかならないのだと。

「……奥様には気ぃ付けろ」

「ッ……何か、知って」

「知らん。……いや、あの人については、何も分からないというのが正解だな。だが、分からないからこそ分かるもんがあるだろ」

この家は、強過ぎる欲が作り出した魔窟だ。ベルローズとオールドの望みは交わらなかった、それでもお互いが自らの望みだけに目を向けたツケを、ヴィオレットが払わされていて。その事に、誰も疑問を持つ事がない。
ベルローズやオールドは、そもそもの元凶である。疑問を持てる正常さなんて、持っていると期待する方がどうかしている。メアリージュンは、オールドの目隠しによって気付いてすらいない。無知は罪と言った所で、知らない物に疑問は持たないのが自然だ。
では――エレファは？　ベルローズの事も、オールドの事も、ヴィオレットの存在だって知った上で彼女は、何故なんの疑問も持たずにいられるのか。オールドの目隠しも、既に認識した後では何の効力もないだろうに。

沢山の疑いが湧いて、そのどれにも解答がない。だからエレファは分からないけれど、分からない事が全ての理由になる。

「分かり易い当主ばっか警戒して気付かなかったが……もの恐ろしいのは奥様の方だ」

「ええ……」

胸に広がる何とも言えない不快感を誤魔化す為に、残りのチョコレートを一口で飲み込んだ。ゴミとなった包み紙をポケットに突っ込んで、空を見上げれば、いくつもの星が散らばっている。それを神秘だとか、空に散る宝石だとか、美しく表現する方法はきっといくらでもあるのだろうけれど。マリンには、黒い画用紙に針で穴を開けた様にしか見えなかった。

流れる隕石《いんせき》に願いを叶える力なんてないのだと、もうずっと昔に知っていたから。

138．放棄と理解

どんなに恐ろしくとも夜は明けるし日は昇る。永久に夢を見続けたいと願う事に意味はないし、叶う日も来ない。永遠の眠りと名付けられた死だって、先にあるのは夢ではなく無なのだから。同じ毎日の繰り返しで、今日は良い事があるなんて期待も無くなって、ただ時間が過ぎていくのを待つだけだとしても。息をする限り夢を見て、起きて、生きるだけだ。

「おはよう、マリン」

「おはようございます」

自分の顔を見て僅かに顔を歪めたマリンに、今日も酷い顔色なのだと理解した。ベッドに入る時間をいくら早めても、眠りに落ちる頃にはもう空が色を変えていたりする。それをマリンに説明したら、それは睡眠ではなく気絶だと言われそうだが。自分の及ばない所に思考を持っていけるなら、正直どちらでも構わない。ぐるぐる回る色んな想像を無理矢理止めるには、意識を落とすのが一番手っ取り早いのだから。ただ、起きた後も微睡みを引きずっていつまでも意識がはっきりしなかったり、動きが緩慢になったりと弊害も多い方法ではあるけれど。

「頬が少し乾燥してますね。痒《かゆ》かったりしませんか？」

「気温が下がって来たせいかしら……特に問題はないわ」

「今日から少しスキンケアを変えてみましょうか」

「ありがとう、任せても良い？」

「勿論です」

髪を梳かす優しい振動が眠気を誘う。寝不足の時と同じ体調に、どうやら昨夜意識が落ちたのは気絶の方であったと察した。頭が重いし、靄が掛ったみたいに判断がし辛い。今ベッドにダイブ出来たらきっと流れる様に眠りの世界へと誘われる事だろう。出来る訳ないと分かっている想像と言うのは、実行出来るものより随分と魅力的に感じる。

「ヴィオレット様、もう少しお休みになりますか？」

「……いいえ、大丈夫」

伏し目でぼんやりとしていたヴィオレットの耳に、心配そうなマリンの声が届く。色々と鈍っている感覚でも、その声に含まれた気遣いはしっかりと受け取る事が出来た。

鏡越しに目が合った、眉尻の下がったマリンに、出来るだけ分かり易く笑って見せる。

「今日の朝食は、もう準備出来ているのでしょう？」

「……はい。料理長がヴィオレット様の好物を用意すると張り切っていました」

「それは楽しみ。じゃあ、そろそろ行かなくちゃね」

立ち上がって、姿見で最後の確認をしてから、部屋を出る。道すがら、固まりそうになる頬の筋肉を無理矢理に動かした。出来るだけ自然に、無意識でも笑顔を作れる様に。唇に触れてもその形は分からないけれど、きっと綺麗に弧を描けているはずだと信じて。

前に立つだけで開かれる扉は、ヴィオレットが畏怖する先へと繋がっている。

「おはようございます、お姉様！」

笑う天使の隣で、微笑んでいる、その人。

「おはよう、よく眠れた？」

「おはようございます……エレファ、様」

時が経つのを、早く過ぎるのを、待つ。

すり減って、麻痺《まひ》して、放棄した思考で。ただ歯を食い縛り耐える事だけを、理解していた。

139．思い込みという武器

ヴィオレットにとって学園は、ある意味では楽園だった。外敵の少なさ、一定の規律、教育者として中立に立つ者の存在。勿論、言葉でいう程簡単な図ではないが、家庭という壁で隠された閉鎖空間よりはずっとずっと人目が多い。皆少しだけ、自分の行いを客観視する機会に恵まれる。ヴィオレットを攻撃する事に益を見出す、思考が迷宮回路な人間は今の所見た事がない。

「はー……」

思わず大きく息を吸って、ゆっくりと吐き出した。肩の重荷は消えないが、少しだけ軽く感じるのは、きっとただの錯覚。一日の内、唯一と言っても良い心穏やかに過ごせる場所。勉強が好きな訳ではないが、あの家で過ごすくらいなら机に齧り付いていたいと思う。何よりここに来れば、心の支えにしている大切な者達に会う事が出来るから。

大切な友人、好きな人。誰かに心を寄せるというのは、想像よりもずっと幸せで、ずっとずっと苦しい。

（一人で来るのは、久しぶり）

前までは、校内の人気がない場所を転々としていた。そこにいるだけで人目を集める自覚はあったから、下手に話し掛けられて、以前の様に煽《おだ》てられて調子に乗りたくはなかった。それを突っ撥《ぱ》ねられる強さが自分にあるなんて。とても信じられなかったから。

そうして色んな所で一人を満喫していた時に、ロゼットと出会って。誰かといる楽しさを知って、心傾ける意味を知って。

「……つまんないなぁ」

口にした言葉に、くすくすと笑ってしまった。誰かといる時を思い出して、一人でいる自由と比べて楽しくないと思う日が訪れるなんて。詰まらないと思えるのは、楽しかった証拠。そう思える自分が何だか可笑しくて、嬉しくて。一年前の自分に、今の気持ちを伝えたとして、信じるはずはないしきっと鼻で笑われる。随分と甘くなったものだと、嘲る自分の姿が簡単に想像出来た。

あれだけ傷付けられて、まだ人を信じるのか。誰も愛さなかった、誰も必要としなかった。なのに、また誰かを想い手を伸ばそうというのか。どうせまた、無様に踏み潰されて終わるだけなのに。

強い言葉で否定して、必死に咎めるだろう。もう止めろ、諦めろと。誰も、ヴィオレットを愛しはしないのだと。

かつての自分は、そう信じてやまなかった。そして事実、その通りの結末はあった。遠い過去ではない、自分はまだあの頃の年齢と同じで、二度目の日々を過ごしている。

それが今や、誰かの傍に楽しさを、大切な弟分に恋心を、抱く様になった。

(……二人とも、何をしているのかしら)

ユランは今日も休みだろうか。理由は分からないが、体調の問題ではない事には安心した。ロゼットは、前に見掛けた知人達とランチでも取っている頃だろうか。ヴィオレットが断ったからといって、周りは彼女を一人にはしておかないだろう。義母の要求もあって、今は放課後も一緒にいる事はない。お昼も別にしてしまえば、クラスも違う二人の関わりはゼロになる。あの日出会わなければ、今も顔と名前を知るだけの他人だった。

今のぐらぐら揺れる心では、心配を掛けてしまうから、なんて。らしくない考えに苦笑してしまう。

心配して欲しかった。慮《おもんぱか》って欲しかった。ヴィオレットの事だけを考えて、一番に思って、行動して欲しがった。自分はそんな人間だったはずなのに、心配を掛けたくないと、思う日が来るなんて。

（……そろそろ、戻らないと）

人気の無い場所にいると、時間の感覚が曖昧になり易い。注意して、早めの行動を取らないと、あっという間に遅刻が決定してしまう。

ゆっくりと立ち上がり、中庭から外廊下を通って、校内へと進んでいく。人は増えたが昼食を取っている人の少なさを見ると、どうやらヴィオレットの時間感覚は思っていたよりも正確であったらしい。昔からの癖であり、慣れでもあるのだろうけれど。

「あ……」

向かい側の窓に、純白の影が見えた。穢れを知らないパール色の髪に、祝福された天使の輪っかが輝いている。いつ見ても、何処に居ても、平和と幸福を連想させる姿で、メアリージュンが笑っていた。

傍に居るのは、いつもユランと共に勉強会をしているメンバーだろうか。少し離れた所にギアの姿も見えたから、きっと正解だ。思っていたよりも人数が多く感じるのは、いつもユランとギアくらいしかちゃんと認識していなかったからだろう。それでなくとも、長身のユランと褐色肌のギアは目立つから。そのユランの姿が見えないという事は、やはり今日も休みらしい。

あそこにもしユランがいたら、自分はどんな気持ちになったのか。

「…………」

浮かびそうになった気持ちと一緒に、メアリージュン達からも視線を逸らす。見ない方が、平穏に続く事だってある。知らない方が良い事も、知らないふりをした方が良い事も。

そこに傷があると知らなければ、痛みだって、感じずに済むのだから。

140．夢を見た

慢心せず、油断せず、細心の注意を払って事を進める。そうして得た結果は満足に足るものだった。予定よりも時間は掛かったが、それでも想定した通りの道筋で。

計画は成功した。後は、この成功を、君と共に喜び合えるかどうかだけ。

※※※

揺れる車体と一緒に、流れる景色も振動する。遠くを見た方が酔わずに済むと言ったのは誰だったか。本で読んだだけだったかもしれないが、そもそも遠出する機会など無かったから、今まですっかり忘れていた。夕日に染まった空が、紺に侵食され始めている。もうすぐ夜が来るし、きっと家に着く頃には太陽の光が差し始めているはずだ。滞在時間よりも移動時間の方がずっと長いはずなのに、一人で列車に揺られている時の方が気分がずっと楽なのは、会っていた人に対する心持ちの問題だろう。
緊迫した一年だった。ユランが今まで生きてきた中で、そしてこれから生きるであろう年月の中で一番。

（疲れた……）

全身に絡み付く倦怠感《けんたいかん》、肩こり頭痛と、満身創痍《まんしんそうい》ではある。今までの寝不足も祟《たた》っているし、何なら食事だって疎《おろそ》かにした自覚もあった。ただ今は、それ以上に満足感の方が大きい。
ずっとずっと望んでいた、きっとこの一年よりも昔から。抑え込んでいただけで、本当はずっと自分の手の中に収めたかったのだ。この手で幸せにしたかった。この手の中で幸せになるあの人を見たかった。それが叶わないと思ったから、誰かに託して見守りたいなんて夢を見たのだ。本当に大切なら、夢ではなく現実を見据えて、全部自分でやり遂げるべきだった。
だから今回は、やり遂げて見せた。

（後は……俺が蒔《ま》いた種がどうなってるかだな）

自分がいては育たない、小さな故意を置いて来た。どれだけ育っているかは分からないが、自分の周りには善良な人間が溢れているから、彼らが勝手に水をやってくれている事だろう。優しくて、正義感が強くて、ユランへの信頼度が高い者達だから。

こちらに関しては誰の幸せの為でもない、大義名分なんて欠片もなく、強いて言うならユランが望んだ復讐《ふくしゅう》の一環。最優先事項はヴィオレットを幸せにする事だから、こちらは番外編と言った所か。許す事が尊いなら、愚かでも構わない。煮え滾る負の感情が、ユランをここまで押し上げたのだから。

そうでなければユランはこの方法を選んでいない。

誰も恨まず、ただ幸せだけを願える人間だったなら。すべきはクローディアがヴィオレットの心根を知り、囚われた環境を知り、彼女を選ぶ様に画策する事だった。事実、あの男はヴィオレットの美しさに気が付いた。向ける目には確かな好意があった。ヴィオレットにそれを伝えれば、彼女がかつて望んだ未来が手に入る。

それをしないと決めたのは、今もまだ許せないからだ。恨み続けているからだ。改心とか反省とか後悔とか、興味がない。そんなものを貰っても、価値を見出せない。だってこちらの心は、何一つ報われていないのに。

そうして勝手に、進めた。ヴィオレットが夢見ていた未来を潰してまで。


「……謝ったら、許してくれるかなぁ」

——もう、しょうがないわね。

ちょっと困った様な笑い方と、小さい子供を叱るみたいな声。ごめんねと謝るユランを、ヴィオレットはいつもそうやって許していた。しょうがないわね、もうしちゃ駄目よ。幼い弟を叱るお姉さんみたいな、そんな姿を想像してしまうくらいに、最後に叱られた日が遠いのだと気が付いた。

二人で手を繋いで歩いた日、その手を引っ張って、二人して転んでしまった時。泣きそうになるユランを、葉っぱの付いた顔で笑いながら宥めて。誰にも邪魔されずに、二人の世界は平和だった。

あれから二人とも大きくなって、少女と少年は女性と男性になって、手を繋ぐ事も、顔を寄せ合って話す事も憚られる様になったけれど。きっと今も、ヴィオレットはそうして叱ってくれる。

（笑って欲しいなぁ……）

夜を迎えようとしている窓には、列車内の灯《あか》りもあって自分の顔が映っている。モノクロの鏡を見ている気分になって伏せた視界には組んだ手足が見えて、不規則な揺れに身を任せる様に目を閉じた。自覚はなかったが、肉体は不足していた睡眠を求めていたらしい。スイッチが切られたかの様に、ストンと意識が落ちていた。

——夢を見た。久しぶりに、とてもとても、美しい夢を。

小さな子供達が、手を繋いで木々の間を走り抜ける。人気がなくて、危ないからと大人は近付けたがらない様な、森の奥。緑と茶色ばかりの中、腐りかけた巣箱や変な方向に曲がって生えた木なんかを、右に一回左に二回その後右にまた一回曲がる。すると突然、一際目立つ紫の絨毯が広がった場所に出る。小さな菫《すみれ》がいくつも連なって、子供二人には充分なピクニックシートが出来ていた。花壇の様に整えられた綺麗さはなく、木々の隙間、苔《こけ》や泥の中にある僅かな花畑。季節を変えて雑草が生えても、また咲くその日を想像して、地面に絵を描いたりして。

自分達だけで生きて枯れる、誰の手も入らないし、手助けも必要としない野草を、ただ眺める為だけに何度も通った記憶。

平凡で温かくて、ただ優しいだけの、美しい日の夢だった。

あとがき

お世話になっております、空谷玲奈です。

二巻に続き、三巻まで発売する事が出来ました。ご協力いただいた皆様のおかげです、本当にありがとうございます！

三巻は、色々な事が動き始めた巻かな、と個人的に思っています。ヴィオレットの感情だけでなく、ユランの行動だったり、時間の経過みたいにいつの間にか変化していた事を皆が自覚した様な……少しずつ変わって行くものって、その時には気が付かないけれど、後で最初の頃と比較したらとんでもない違いを見付けたりしますよね。上手く言えないですけど。

一回失敗しているからこそ回避出来る事もあれば経験しているからこそその

先入観もあったりして、ヴィオレットも、そしてユランも、難儀な子達が多いですね。

ユランの過去、一回目の出来事は、何処かで入れたいと狙っていたので、念願が叶った感じの達成感がありました。とはいえ、予定ではもっと後、クライマックスとかで書く予定だったんですけど……まぁ予定はくるうものですし。絶叫させるか言葉も出せない感じにするかは最後まで悩みましたけど、ユランは感情に声を当てるのが苦手な感じがするので、黙って蹲《うずくま》ってもらいました。どんぞこの地獄にいるユランを書くの、とっても楽しかったです。

新たな人物も登場しましたね。エレファとシスイさん、正確にはずっと居たんですけど、発言が無かった二人。シスイに関しては、料理長としての一文だけで名前も無かった所からですし……まさか一巻の時は、彼に名前を付ける事になるとは思っていませんでしたが。

シスイさんは、この作品唯一と言ってもいい『大人』として登場してもらいました。ヴィオレットやユランはまだ学生で、マリンも年齢は二十を越えていますが、ヴィオレットに同調しているからか精神年齢が高い訳ではありません。大人を一切信用しない子達ばかりなので、庇護とか保護とかではなく、ちょっとヒントをくれるくらいのイメージです。耳を貸すかどうかは当人次第、みたいな軽さがマリン達と相性が良いかなと。無償の愛とか優しさを振り撒く人ではないですけど、多分この人もヴィオレットには甘いんじゃないかなって思っています。ユランとマリンが度を三回くらい越しているから目立たないだけで、過保護には変わりないはず。他の大人がアレなので、初名前登場時はドキドキでしたが、割と好印象を持って頂けた様で安心しました。

エレファについては……まだまだ分からない事だらけですね。無邪気であるのは確かですが、それ以外が色々と不明。ベルローズの事といい、オールドは女運が壊滅的過ぎませんか。いやでもエレファとは愛し合ってますし、問題ないのかどうなのか。片鱗は覗かせましたし、この先どうなって行くのでしょうね。

この本の関わってくださった全ての方々に、心よりお礼申し上げます。まさか三巻まで出させていただけるなんて、とても嬉しくて、何より幸せです！

作業の遅い私にお付き合い下さった担当様。コミカライズ共々素敵な絵で邪魔しまの世界を形にしてくださったはるかわ陽様。他にも編集部の皆様、読んでくださった読者様。本当にありがとうございます！　コミックの方も発売されておりますので、まだ読んでいないという方は、是非そちらもよろしくお願いいたします。一巻、二巻同様、私の書き下ろしＳＳもありますので！

２０２１年２月

公爵令嬢、二度目
地味と平

改心する。

今度は絶対に邪魔しませんっ！　3

2021年3月31日　第1刷発行

著者　空谷玲奈《そらたにれいな》

イラスト　はるかわ陽

本書の内容は、小説投稿サイト「小説家になろう」(https://syosetu.com/)に掲載された作品を加筆修正して再構成したものです。
「小説家になろう」は㈱ヒナプロジェクトの登録商標です。

発行人　石原正康

発行元　株式会社 幻冬舎コミックス
〒151-0051　東京都渋谷区千駄ヶ谷４－９－７
電話 03 (5411) 6431(編集)

発売元　株式会社 幻冬舎
〒151-0051　東京都渋谷区千駄ヶ谷４－９－７
電話 03 (5411) 6222 (営業)
振替 00120-8-767643

デザイン　荒木未来

本文フォーマットデザイン　山田知子 (chicols)

製版　株式会社 二葉企画

印刷・製本所　大日本印刷株式会社

ISBN978-4-344-84814-6 C0093 Printed in Japan
幻冬舎コミックスホームページ https://www.gentosha-comics.net